COLLECTION FOLIO

John Updike

Publicité

et autres nouvelles

*Traduit de l'américain
par Georges Magnane*

Gallimard

Ces nouvelles sont extraites du recueil
La concubine de saint Augustin et autres nouvelles
(Folio n° 2611)

© *John Updike, 1972, 1973, 1974, 1975, 1976, 1977, 1978, 1979.*
This translation published by arrangement with Alfred A. Knopf Inc.
© *Éditions Gallimard, 1981, pour la traduction française.*

Romancier américain, né le 18 mars 1932, John Updike est l'auteur de la célèbre tétralogie de Harry Angstrom, dit « Rabbit », fresque qui englobe, au fil de l'errance du héros, de multiples fragments du kaléidoscope ethnique et culturel des États-Unis.

Diplômé de Harvard et de la Ruskin School d'Oxford, John Updike collabora à la direction du *New Yorker*, où il publia, à l'instar de John Cheever avant lui, nombre de ses textes. Auteur prolifique – il a publié une vingtaine de romans, et autant de recueils de nouvelles, de poésie et d'essais –, il s'est attaché à peindre l'Amérique moyenne, celle des petites villes, protestante et bourgeoise, dont il a souligné les paradoxes, les aberrations et la vitalité, au gré de ses mutations de style, de mode et de langage. Lauréat du National Book Award à trente-deux ans, du prix Pulitzer à deux reprises, Updike s'est montré fidèle, tout au long de son œuvre, au double but qu'il a assigné à l'écrivain moderne : « répondre à la vie » ; « dépoussiérer et renouveler le roman ».

Considéré comme l'une des voix majeures de la littérature américaine du XXe siècle, John Updike est mort le 27 janvier 2009, il avait soixante-seize ans.

Découvrez, lisez ou relisez les livres de John Updike :

BECH EST DE RETOUR (Folio n° 2612)

BECH VOYAGE (Folio n° 1630)

LA CONCUBINE DE SAINT AUGUSTIN ET AUTRES NOUVELLES (Folio n° 2611)

COUPLES (Folio n° 43)

ÉPOUSE-MOI (Folio n° 1687)

UN MOIS DE DIMANCHES (Folio n° 2613)

LA PARFAITE ÉPOUSE (Folio n° 2886)

LE PUTSCH (Folio n° 1590)

RABBIT EST RICHE (Folio n° 2476)

RABBIT RATTRAPÉ (Folio n° 2372)

LES SORCIÈRES D'EASTWICK (Folio n° 2240)

TROP LOIN (Folio n° 1757)

Publicité

Cela revient tous les soirs, quelque part dans les informations de onze heures. Un enfant dévale un ESCALIER. Une FEMME D'UN CERTAIN ÂGE aux formes rebondies, debout en bas de l'escalier, soulève l'ENFANT, le secoue (amicalement) et le repose sur ses pieds. On entend une CHANSON où il est question d'« enfant rieur », de « tapis moelleux », etc.

L'ESCALIER a un air d'authenticité inespéré : il est en chêne, à rampe chantournée, et raide, dans le style des maisons de notre enfance. Nous connaissons cet ESCALIER. Quelques marches craquent et au sommet règne une obscurité qui pousse des ramifications pleines de recoins, où nous sommes censés reconnaître le lieu même de la sécurité et du sommeil. Le papier mural (des corbeilles de fleurs, à ce qu'il semble, alternant avec des médaillons décorés de lierre) donne l'impression d'être chaud au toucher.

L'ENFANT file comme une flèche hors de

l'écran. Nous avons eu le temps de noter que c'est un GARÇON avec de longs cheveux coupés en frange nette sur le front. La caméra reste sur la FEMME D'UN CERTAIN ÂGE, que nous identifions maintenant comme étant la GRAND-MÈRE. Elle regarde l'enfant supposé en train de s'éloigner, si tendrement qu'il nous semble voir les mots « *regarde tendrement* » écrits en sous-titre.

Une seconde passe, interminable ; l'air radieux de la dame menace de devenir un air ahuri. Mais alors, avec un soupçon émoustillant d'hésitation, qui nous permet de nous demander si l'idée est du metteur en scène ou de l'actrice, la GRAND-MÈRE hoche lentement la tête, comme pour dire *Mon Dieu, mon Dieu, quel incorrigible petit coquin, quel adorable petit mâle !* Son cœur, nous le sentons, déborde d'un tel amour que son corps grassouillet, s'il était un rien moins bien portant et compact, un rien moins comprimé et contenu par les exigences et les accoutrements de la GRANDMÈRITUDE, exploserait. La GRANDMÈRITUDE la bouchonne de toutes parts, comme les brosses d'une station-service font d'une voiture.

Et alors (il y a tant de choses à voir !) elle laisse retomber ses bras devant elle, les doigts d'une main étreignant doucement le poignet de l'autre. Ce geste nous révèle qu'elle appartient à la catégorie ethnique anglo-saxonne. Une mama italienne, par exemple, aurait croisé les bras sur sa poitrine ; et, de plus, la coquetterie propre aux Méditerranéennes ne lui interdirait-elle pas de porter un tablier hors de sa cuisine, au pied de ce qui est évidemment le grand ESCALIER ? D'où, bien que nous en soyons encore à flotter dans les courants de l'anticipation, nous déduisons qu'il ne s'agit pas d'une publicité pour des spaghettis.

Ni pour une crème rajeunissante ou un produit de rinçage capillaire, car la caméra délaisse la GRAND-MÈRE pour l'ENFANT. Il sautille à travers une pièce. Il ne sautille pas vraiment, ce ne sont pas exactement des sauts, plutôt une curieuse démarche fantomatique qui soulève en cadence sa chevelure et évoque la tendre dialectique de la rencontre enfant-metteur en scène. Cet ENFANT, bien qu'il soit un acteur enfant jouant le rôle d'un enfant, est néanmoins aussi un véritable enfant à qui l'on a dit de se déplacer à travers la chambre fictive d'une manière enfantine. Il a obéi, il avance clopin-clopant à cause de sa timidité, mais pourtant avec l'élasticité spontanée que la nature lui a accordée et qu'aucune multitude de directives adultes ne saurait complètement réduire. Le temps seul en viendra à bout.

Nous ignorons combien de « prises de vue » ont été passées au crible pour obtenir cette seconde d'action. Bien qu'aucun enfant, dans la réalité (quoique des milliards d'enfants aient traversé des millions de pièces), n'ait jamais traversé une pièce tout à fait de cette façon, une sensation d'ENFANCE nous pénètre. Nous enregistrons le message : la MAISON DE GRAND-MÈRE (et le montage est si rapide qu'il ne nous permet pas de détailler le mobilier, seulement de noter qu'il est suffisamment vieux jeu et surabondant) est douillette, c'est un endroit où l'on se sent en sécurité – un endroit où être joyeux. Pourquoi ? La question est posée.

Nous sommes dans une autre pièce. Une cuisine. Une MARMITE étincelante accapare l'attention au premier plan. L'ENFANT, que l'objectif néglige, sautillant toujours de cette manière factice, affectée, entre à l'arrière-plan, avance jusqu'à bonne distance, devient un visage aux dimensions inquiétantes et une main qui soulève le couvercle de la MARMITE. De la VAPEUR jaillit. L'ENFANT souffle pour chasser la VAPEUR, puis nous regarde avec des yeux écarquillés de façon théâtrale. Que signifie ? S'est-il brûlé ? Y a-t-il une mauvaise odeur ? Le metteur en scène, hors du champ, a-t-il crié après lui ? Nous ne savons pas et notre malaise s'accroît du fait qu'après tout il s'agit peut-être d'une publicité pour des spaghettis.

Scène brève : la GRAND-MÈRE lave le visage du PETIT GARÇON. Appareils sanitaires à l'arrière-plan. Le thème de la chaleur (INTÉRIEUR DOUILLET, MARMITE chaude) affleure à la surface de notre inconscient. Peut-être aussi celui de l'heure du dîner ?

Nous n'assistons pas au dîner. Nous voilà de retour au pied de l'ESCALIER. De nouveaux acteurs arrivent : un JEUNE COUPLE, un homme et une femme grands et vigoureux, vêtus d'élégants manteaux. Qui sont-ils ? Nous avons à peine le temps de nous le demander. L'ENFANT bondit (s'envole, en fait : nous ne voyons pas ses pieds lui donner son élan) dans les bras de l'HOMME. Ce sont ses parents. Nous-mêmes, qui les observons, les accueillons avec soulagement ; notre joie de les voir arriver nous révèle qu'il y avait en nous une appréhension, causée par quelque chose de morbide et de claustral dans la vieille DEMEURE avec sa douilletterie habilement soulignée et sa maisonnée composée seulement d'une vieille femme et d'un moutard choyé et cabotin. Les deux arrivants irradient l'air vif de l'extérieur. À en juger d'après leurs vêtements, il fait froid dehors ; cette impression n'est pas sans signification ; notre sentiment subliminal de cohérence s'affirme. Nous partageons l'ENTHOUSIASME DE CES RETROUVAILLES, nous nous réjouissons avec le JEUNE COUPLE de leur énergie sexuelle, et de savoir qu'ils sont bien rentrés, et de la chance merveilleuse que c'est d'être américains et modernes et solvables et féconds et d'avoir une telle GRAND-MÈRE qui semble sortie d'un livre d'images pour garder l'enfant chaque fois que l'on participe à quelque innocente et rare PARTIE DE PLAISIR.

Mais de qui la GRAND-MÈRE est-elle la mère, du PÈRE ou de la MÈRE ?

Toutes les questions reçoivent une réponse. L'acteur qui joue le JEUNE PÈRE ignore la GRAND-MÈRE avec l'insouciance qu'autorisent les liens du sang, tandis que l'actrice qui joue la JEUNE MÈRE la serre sur son cœur, recule, réfléchit, puis plonge en avant pour déposer sur la joue ronde et radieuse un baiser que, de toute évidence, la GRAND-MÈRE n'attendait pas. L'expression rayonnante de la vieille dame vacille un instant, comme la flamme d'une bougie quand une porte s'ouvre à une certaine distance. La BELLE-FILLE recule de nouveau comme pour contempler calmement le résultat de son mouvement spontané d'affection. Que cette touchante série d'hésitations ait été mise au point avec art par une actrice s'appliquant à jouer un rôle, ou qu'elle soit venue spontanément à l'actrice alors qu'elle cherchait à nuancer son jeu (nous imaginons sans peine le vague des indications du scénario : *Retour des parents, Salutations générales, Plan moyennement rapproché*), une subtile rigueur dans la conduite des personnages, au milieu d'un énorme déploiement de bonne volonté, a été suggérée. C'est la FAMILLE parfaite.

Alors la merveille sous-jacente est rendue évidente. Le véritable héros de ces trente secondes se démasque. La FAMILLE se dissout dans une flamme bleue de dessin animé et la musique, qui n'est plus enfouie sous les stimuli visuels, entonne d'une voix claironnante : « LE GAZ NATUREL est une merveille ! »

Un HOMME, que nous découvrons au LIT, à côté de sa FEMME, subit la fin de l'émission d'INFORMATIONS, puis se lève et tourne le bouton du POSTE DE TÉLÉVISION. L'écran exsude en pâlissant ses dernières bribes de radiations quotidiennes. La chambre, faute de mieux, s'emplit de la faible lumière de la LUNE. Debout, l'HOMME contourne le lit en traînant les pieds, d'une démarche précautionneuse qui suggère chez lui une certaine raideur et une envie de parler contenue à regret ; il se dirige vers la salle de bains, où il urine. Il fait cela, nous le sentons, non pour satisfaire un besoin physique urgent, mais par scrupule de conscience, presque par puritanisme, en se fondant sur un principe : afin de se purifier et de purifier sa conscience avant d'aller dormir.

Ses pensées apparaissent en un montage exécuté avec brio. Comme toujours devant la morose cuvette ovale, il évoque la vision de beauté la plus intense qui lui ait été accordée en ses quarante années de vie. C'était après déjeuner, à New York. Le déjeuner avait été joyeux, prolongé, stimulant, bien arrosé. L'homme était maintenant dans un taxi et se dirigeait vers la grande voie de l'ouest. En arrivant à la 57ᵉ Rue, son besoin d'uriner n'était qu'une légère sensation infraliminaire ; à partir de la 70ᵉ Rue (là où Riverside Drive commence à s'élever dans les airs comme un avion), c'était une pressante nécessité ; passé la 90ᵉ Rue (quand se désagrégea le monument aux Soldats et aux Marins, quand s'estompa la verte falaise de Riverside Park), c'était une urgence cruelle. Réprimant sa honte, l'HOMME avait avoué son supplice au CHAUFFEUR qui, abdiquant progressivement son incrédulité, avait quitté la grand-route à la 158ᵉ Rue, gravi une petite hauteur caillouteuse, et s'était arrêté, évidemment pas pour la première fois, devant un garage triangulaire crasseux. Des mécaniciens, noirs ou noircis, avaient regardé avec des yeux blancs l'INCONNU qui passait en trébuchant devant eux et traversait le triangle graisseux, bordé de détritus, jusqu'à son sommet : là, coincé entre des fresques obscènes, était le plus bel objet que l'homme eût jamais vu. Ou verrait jamais. Une CUVETTE DE W.-C., une cuvette de w.-c. dans sa blancheur douteuse, son alimentation en eau parcimonieuse, sa parfaite réceptivité : dans l'harmonieux miracle de ses infrangibles et invariables modes d'être. La beauté est très exactement ce dont on a besoin en de certains moments.

Rapide défilé de portraits gravés de Platon, saint Thomas d'Aquin, Santayana et autres théoriciens de la beauté, vigoureusement biffés pour manifester le refus.

Scène brève : l'HOMME se brosse les dents, se rince la bouche, crache.

On coupe sur la lune, impassible.

Retour à l'HOMME. Il est debout devant l'armoire de la salle de bains, perplexe. Il en ouvre la porte, qui est aussi un miroir. Zoom sur une minuscule BOÎTE rouge. Que contient la boîte ? Quelque chose, nous le devinons, qu'il se retient de prendre parce que ce n'est pas conforme à sa conception idéale d'une saine normalité. Il referme la porte.

Il renifle. Pendant son instant de perplexité, l'odeur de son propre corps lui est parvenue, une odeur vaguement de pomme de terre, qui est comme un reproche. Lorsqu'il était un enfant qui, de même que l'ENFANT de la séquence publicitaire, vivait avec des adultes, il s'imaginait que les adultes émettaient cette odeur pour le punir et le mortifier. Maintenant que cette odeur est la sienne, elle ne lui paraît plus mortifiante, mais simplement agaçante, comme le tas d'ENVELOPPES DÉCACHETÉES qui encombre la table de la cuisine chaque après-midi. Rapide plan fixe sur les ENVELOPPES. De nouveau l'image de l'ENFANT dévalant l'ESCALIER vers les bras qui l'attendent. Nous sommes, tout au fond de nous, émus.

En traînant les pieds (au cas où il se cognerait l'orteil ou marcherait sur une épingle), l'HOMME revient de la salle de bains et contourne le lit. Le POSTE DE TÉLÉVISION est maintenant froid. La LUNE est froide, elle aussi. Comme il remettrait une lettre lue dans son enveloppe décachetée, l'homme se glisse dans le LIT à côté de sa FEMME. Il introduit doucement une main sous la chemise de nuit de celle-ci et lui frotte le dos ; c'est une interrogation rituelle. En réponse rituelle, la FEMME bouge dans son sommeil, s'éveille assez pour se rendre compte que la chambre est froide, presse son corps contre celui de l'HOMME et retombe endormie. Encore endormie. Encore encore. Endormie.

Maintenant, la moitié de LIT de l'homme est réduite à un tiers — un tiers, de surcroît, de drap chiffonné où il est gêné par l'intrusion de coudes et de genoux inconscients. Les yeux de l'HOMME se ferment mais ses OREILLES s'ouvrent toutes grandes, yeux atroces dont les paupières ont été coupées aux ciseaux, puits sans fond avides des chuchotements et des craquements du MONDE. Il enfouit ses oreilles, alternativement, dans l'oreiller, mais ne peut boucher les deux à la fois. Il pense à se masturber, mais décide qu'il n'y a pas assez de place.

Un radiateur siffle : vapeur, pétrole en combustion. Le gaz naturel serait-il silencieux ? Au loin, une voiture ronfle. Ressac ou vent, murmures ; ou bien est-ce un hélicoptère ?

Maintenant le CHAT — un nouvel acteur ! — miaule à trente centimètres au-dessous du visage de l'HOMME. Efflanqué et insistant, le CHAT veut sortir. L'HOMME, presque avec gratitude, se lève. Mieux vaut l'action que rien, pense-t-il — en quoi il est bien un citoyen de notre époque exténuée. Les moustaches du CHAT, électrisées, frissonnantes, picotent comme de la glace les chevilles nues de l'HOMME.

Ensemble, l'HOMME et le CHAT descendent un ESCALIER. Pas de chêne chantourné ici. Le style est dépouillé, moderne. L'HOMME touche le mur : du plâtre froid.

L'HOMME ouvre la porte de devant. L'HERBE, les ARBRES, le CIEL et les ÉTOILES, brusquement cadrés, semblent incolores et plats comme si, surpris à l'improviste, ils avaient à peine eu le temps d'assembler leurs grandes lignes. Les ÉTOILES surtout paraissent de pure forme : des trous percés par des balles dans le toit d'un hangar. Le CHAT part comme une flèche et sort du champ.

Nous sommes de nouveau dans le LIT. L'HOMME retourne l'oreiller pour en explorer de la joue la face obscure. Délicatement, prenant exemple sur l'insistance du CHAT, il refoule le corps de sa FEMME, pouce inerte après pouce inerte, vers l'autre moitié du LIT. Plusieurs minutes de patientes poussées sont annulées à l'instant où, s'élevant presque à la conscience claire, elle s'affale contre lui avec encore plus de confiance. Se réveille-t-elle ou s'endort-elle ? Sa récupération des deux tiers du LIT est-elle une revendication territoriale instinctive de son corps apathique ou le résultat, passablement cérébral, d'un calcul griffonné par eux sur les incertaines terres conjugales ? Ici l'HOMME, notre discutable HÉROS, semble atteindre l'un de ces moments tâtonnants où l'activité mentale distrait utilement le cerveau tandis que le corps tombe dans une béatitude sans pensée. Des fosses et des bulles pleines d'espoir et de douceâtres souffrances s'étirent, se développent en lui, annonciatrices d'une dissolution miséricordieuse.

On coupe sur une chambre d'enfant : le HAMSTER, cédant à un soudain caprice de vitesse et d'espace, accélère le mouvement de sa roue non huilée. Le vacarme est épique ; le HAMSTER fait tournoyer le monde au bout d'une ficelle.

Nous sommes revenus dans la salle de bains. L'HOMME s'imagine qu'il lui faut encore uriner. L'ovale ombreux de porcelaine ressuscite en lui l'idée de la beauté suprême. Un sentiment désolé de déréliction se répand avec l'arôme de pommes de terre trop mûres. L'Homme sort la petite boîte rouge de l'armoire dont la porte est un miroir. Il prend dans cette BOÎTE deux petits objets. Zoom. Ce sont deux petites boules de CIRE. Pourquoi ? Pourquoi DIABLE ?

Retour dans la chambre. La LUNE dans l'encadrement de la fenêtre a rétréci. En se contractant, elle a acquis de la chaleur ; sa pâleur a quelque chose de chaud, de presque solaire.

L'HOMME se réintroduit dans le LIT. Il introduit les BOUCHONS DE CIRE dans ses oreilles. Les fils métalliques du bruit, acérés et luisants, qui érodaient les ténèbres, ternissent, ne sont plus que les fils gris d'une couverture de laine vaporeuse.

L'homme, peu à peu, perçoit, ressent la présence de cette couverture palpable comme une source de bénévolence, un CIEL qui lui serait tangent. Sa FEMME, mystérieusement, déplace de bon gré son poids vers le vaste horizon où toutes les poussées s'annulent. Un sifflement souterrain point au-dessus de l'homme comme le bruit de sa propre respiration. Il s'est enseveli, il a enseveli son *ens*. La caverne de son crâne se tapisse d'absurdités. *Lave, efface, dissout*. C'est ainsi que les choses se passent chaque nuit.

Une question reste. De quoi fait-on ici la publicité ?

(1) Boules pour les oreilles (2) Gaz naturel (3) Chute de Lucifer (4) Rien.

La boutique de l'armurier

Murray, le fils de Ben, se faisait une fête du voyage annuel en Pennsylvanie à l'occasion du Jour d'Actions de grâces surtout à cause de la carabine. Une Remington 22 ; elle restait appuyée au mur, inutilisée, dans la vieille ferme, à longueur d'année, jusqu'au jour où le jeune Murray la prenait, l'écouvillonnait et suppliait qu'on lui permît de tirer. Elle avait appartenu à Ben. Ses parents la lui avaient achetée pour la Noël qui avait suivi leur installation dans la ferme. Ben avait alors treize ans, l'âge qu'a son fils aujourd'hui. Non, Murray n'a pas moins de quatorze ans, son anniversaire était en septembre. Ce jour-là, Ben avait donné à l'enfant une tape derrière la tête pour le faire tenir tranquille et le fils avait menacé du couteau à pain la poitrine du père en disant : « Recommence et je te tue. »

Ben en était resté stupéfait. La nuit, dans leur lit, Sally lui avait expliqué : « C'était pour lui une façon de te dire qu'il est trop grand pour que tu le frappes encore. Il a raison. Il est trop grand. »

Pourtant, le jeune garçon, tandis que lui et Ben, avec la carabine, traversaient le champ bruni en direction de la décharge, dans les bois, ne semblait pas grand ; le visage grave et imberbe, il portait l'arme nettoyée de frais sous son bras, à l'imitation des chasseurs que l'on voit dans les revues illustrées, et l'extrémité du canon se prenait sans cesse dans l'herbe embroussaillée du verger. Ensuite, à la décharge, devant des boîtes de conserve et des bouteilles vides bien alignées en guise de cibles, la carabine refusa de tirer et Murray piqua une grande colère d'enfant. Des larmes lui montèrent aux yeux et il tenta d'expliquer : « Il y avait une petite tige métallique, papa, elle est tombée quand j'ai nettoyé la carabine, mais je l'ai remise en place, et maintenant elle n'y est plus ! »

Ben, devant ce petit visage couvert de taches de rousseur à l'expression profondément affligée, n'avait pu s'empêcher de sourire.

Murray, en voyant sourire son père, dit *« Merde »*. Il lança violemment la carabine vers un bouquet de jeunes arbres et se jeta lui-même sur le tapis glacé de feuilles moisies qui recouvrait le sol. Il se contractait et répétait le mot chaque fois que le submergeait à nouveau un sentiment d'injustice et de gêne ; pourtant, Ben ne parvenait pas à effacer tout à fait de son visage l'expression de raillerie affectueuse. Les coups de colère du garçon prenaient des proportions énormes dans l'atmosphère feutrée de leur appartement, à Boston, quand ils avaient pour public sa mère, ses deux sœurs et quelques meubles anciens aux pieds sculptés ; mais ici, parmi les chênes silencieux et les hickorys, la fureur de l'enfant semblait assez comiquement dérisoire. En outre, lorsqu'il avait ramassé la Remington 22 pour l'examiner, Ben l'avait approchée de son visage et il avait senti l'odeur subtile, l'odeur oubliée de la graisse d'arme ; cela lui avait rappelé le jour de Noël où, à midi, son père l'avait emmené dans la grange pour lui montrer comment tirer avec l'arme encore vierge ; et ce souvenir avait prolongé son sourire.

Cette odeur subtile. Cette surface polie, dangereuse. Les marques en zigzag de brunissage sur le verrou quand il s'ouvrait, et la stupéfiante spirale, étoile d'un nouveau genre, à l'intérieur du canon, quand on le pointait vers le ciel. Le clic satisfait, d'une précision mortelle, de la fermeture. Il ne savait pas son père capable de manier un fusil. Son père avait quarante-cinq ans quand Ben en avait treize, il était instituteur ; autrefois, il avait été, pour une courte durée, soldat. Il avait lancé un bidon vide de Pennzoil dans la neige de la cour, appuyé la 22 sur le rebord de la fenêtre du poulailler et tiré le premier coup. Le bidon avait sauté en l'air. Ben se souvenait de la façon dont la bouche de son père, vue de profil, avait aspiré un filet de salive échappé pendant son moment de concentration. Ben se souvenait du claquement presque assourdissant de la détonation et de la bouffée âcre qui s'était élevée du verrou quand le coup était parti. Maintenant, en train de tirer sur la gâchette inerte et d'ouvrir le verrou pour voir pourquoi cette brave carabine ne fonctionnait pas, il se souvenait des bras de son père autour de lui, guidant ses mains sur la crosse fraîchement vernie et lui appuyant doucement sur la tête pour lui faire mettre les yeux dans l'alignement des points de mire. « Presse lentement, pas d'énervement ni de mouvement brusque », avait dit son père.

« Debout, dit Ben à son fils. Reprends-toi. Ne fais pas l'enfant. Si elle ne marche pas, elle ne marche pas ; je ne sais pas ce qu'elle a. Elle a marché la dernière fois que nous nous en sommes servis.

— Ouais, c'était le Jour d'Actions de grâces de l'année dernière », dit Murray, étonnamment loquace bien que toujours étalé sur le sol glacé. « Je parie que c'est un de ces crétins de péquenots de par ici qui l'a bousillée.

— Ces crétins de péquenots, répéta Ben, reconnaissant pour sienne l'expression, mon Dieu, ne serais-tu pas un jeune snob ? »

Murray se mit debout et, sans relever le sarcasme, dit :

« Est-ce que tu peux l'arranger, oui ou non ? »

Ben introduisit une cartouche dans le magasin, ferma le verrou et tira sur la gâchette. Un clic flasque. « Non, je ne connais rien aux armes. C'est toi qui veux tout le temps t'en servir. Pourquoi ne pas nous contenter de pointer nos doigts en avant en disant *Pan !* ?

— Vraiment, papa, tu exagères. »

Ils rentrèrent à la maison, Ben traînant la carabine en disgrâce tandis que Murray courait dédaigneusement en avant. Ben remarqua dans l'herbe morte les formes dentelées couleur de rouille, précises comme des fossiles, des feuilles de fraisiers. Quand ils s'étaient installés ici, la terre était en friche — « minée » selon l'expression locale — et la seule récolte qui ne s'était pas découragée consistait en fraisiers sauvages qui propageaient leurs stolons du haut en bas de toutes les pentes ensoleillées. À l'âge de son fils, Ben avait détesté les feuilles de fraisiers et l'isolement rural dont elles étaient l'ornement ; cela l'étonnait maintenant, lorsqu'il regardait à terre, de constater que leur forme était restée si exactement gravée dans sa mémoire. Les feuilles étaient toujours là et ses parents étaient toujours dans la maison de ferme massive en grès. Sa mère leva les yeux de l'évier et dit : « Je n'ai pas entendu les coups de feu.

— Il n'y en a pas eu. C'est pour ça. »

Quelque chose de satisfait ou d'amusé dans la voix de Ben réveilla la mauvaise humeur de Murray ; il passa dans la salle de séjour, donna un coup de pied à une chaise et jura : « Cette nom de Dieu de pétoire est *cassée*.

— Ce n'est pas une raison pour casser une chaise, le gourmanda Ben. Ce mobilier n'est pas à nous, tu sais. »

Sally s'immobilisa, une assiette d'une main et le torchon à vaisselle de l'autre, pour les rappeler calmement à l'ordre : « Allons, allons.

— Bon, ça va, dit Ben, mais pourquoi laisser le gosse terroriser tout le monde ? »

Il entra dans la salle de séjour sur les talons du garçon. Là, son irritation se heurta à la torpeur qui fait suite aux festivités. Les deux filles, en compagnie de leur grand-père, regardaient les Gimbel parader sur l'écran de télévision. Murray, en entendant approcher son père, s'était caché derrière la chaise à laquelle il avait donné un coup de pied. Une des sœurs lui jeta un coup d'œil et dit : « Il boude. » L'autre renifla en signe d'approbation. Une des filles était plus âgée que Murray, l'autre plus jeune ; toute sa vie il serait coincé entre elles deux. Leur grand-père était assis sur un fauteuil à bascule, coiffé du bonnet de laine tricoté qui lui donnait l'impression d'avoir moins froid. Il avait obligeamment pris le siège le plus mal placé par rapport à l'écran et contemplait dans un raccourci flou l'image papillotante d'animaux boursouflés, de majorettes jouant du tambour et de gâteaux géants surmontés de bougies qui étaient en réalité des jeunes filles agitant les bras.

« Il ne boude pas, dit le père de Ben aux filles. Il est comme son papa : c'est un perfectionniste. »

Le père de Ben, depuis ce Noël où il lui avait offert la carabine, était devenu un vieillard, mais un vieillard merveilleusement insolite, au long visage d'un blanc jaunâtre, au nez bleu et au maintien redressé d'enfant qui a une mauvaise vue. Il avait des troubles circulatoires, il avait été hospitalisé, il passait d'une médication à une autre, il avait des moments de silence qui ne lui étaient pas naturels et dont Ben supposait qu'ils correspondaient à des crises de douleur ; pourtant, son optimisme imprégnait toujours l'atmosphère de l'endroit, quel qu'il fût, où il se trouvait. Il leva les yeux sur Ben, resté dans l'encadrement de la porte : « Comprends-tu d'où ça vient ?

– Murray dit qu'une sorte de tige métallique est tombée pendant qu'il la nettoyait, répondit Ben.

– C'est vrai, papa », insista l'enfant.

Le père de Ben se leva, irréprochable d'allure, pâle et de haute taille. Il portait un manteau usé jusqu'à la corde, comme s'il était toujours prêt à entrer en action. « Je sais exactement qui il nous faut », dit-il et il lança en direction de la cuisine : « Maman, je vais donner un coup de téléphone à Dutch. Le gosse a des ennuis. »

« Oh, ça ne fait rien, n'y pense plus », marmonna Murray. Mais ses yeux brillaient, pleins de respect devant l'intervention prometteuse de son grand-père. Ben fut blessé ; tout ce dont il était capable, en tant que père, c'était de faire naître de l'irritation et de la morosité dans ces mêmes yeux. Il y avait chez l'enfant quelque chose de trop délicatement ciselé, de trop peu malléable, que Ben avait une violente envie de corriger.

Les deux femmes se pressaient déjà dans l'encadrement de la porte, prêtes à s'interposer. Sally dit : « Il n'a pas à tirer à la carabine. Je déteste les armes à feu. Ben, pourquoi faut-il toujours que tu forces cet enfant à tirer ?

— Je ne le force pas », riposta Ben.

Sa mère dit par-dessus l'épaule de Sally : « Ne va pas déranger les gens le Jour d'Actions de grâces, Murray. Laisse cet homme profiter de son congé. »

Le jeune Murray leva la tête ; il avait tressailli en entendant son nom prononcé d'une voix grondeuse. On lui avait donné le prénom de son grand-père. Deux Murray : l'un petit et jeune, l'autre grand et vieux. Et pourtant semblables, songea Ben, dans leur manière d'être toujours dans l'attente de quelque chose, dans leur infatigable appétit pour — il s'était souvent demandé pour quoi, mais aujourd'hui les gens avaient un mot pour cela — pour l'action.

« Cet homme-là ne prend jamais de congé, dit le père de Ben. Il n'a pas les pieds sur terre. Il vous plairait. Il vous plairait à tous ici. » Et sans que rien pût le retenir, il alla au téléphone et se mit à faire tourner le cadran avec un rien d'excitation, comme il aurait gratté le ventre d'un bon chien du bout des doigts.

Après un dîner composé des restes de la dinde, les hommes sortirent dans la nuit. Ben se mit au volant de la voiture de son père. La route enténébrée les conduisit de leur colline à une vallée où, dans les intervalles entre les maisons de ferme en grès, s'entassaient maintenant des bâtisses de style ranch, des caravanes en aluminium, une station-service Mobil à l'éclairage blafard, une église de Pentecôtistes construite en blocs de mâchefer compressé et portant une inscription au néon : JÉSUS VIT. JÉSUS SAUVE avait dû finalement paraître trop dérisoire.

« La prochaine voie privée à gauche », dit le grand-père. L'air glacé du dehors lui faisait le souffle court. Aucune enseigne n'indiquait qu'il y eût là une armurerie ; la maison était de style ranch, mais pas des plus neuves – l'une de celles du début des années cinquante, époque où les suburbanites avaient commencé à s'installer aussi loin d'Alton. Par rang d'âge, du plus vieux au plus jeune, du plus grand au plus petit, ils défilèrent sur les dalles vers la porte de devant non éclairée. Ben sentait dans son dos la gêne de son fils, qui accroissait la sienne. Ils avaient proposé au petit Murray de se charger de la carabine, mais il s'était dérobé. Ben portait la 22 derrière son dos afin de ne pas terrifier la personne qui répondrait au coup de sonnette de son père. Ce fut une grosse femme en peignoir rose qui vint ouvrir. Ben comprit aussitôt qu'il y avait erreur : ce n'était pas une armurerie, son père l'avait humilié une fois de plus.

Mais non ; elle dit : « Bonjour, monsieur Trupp »,

en donnant au *u* cette consonance tendre qu'il a en allemand ; à Boston, les gens prononçaient leur nom comme s'il rimait avec « cup ». « Entrez par ici ; il est en bas qui vous attend. C'est donc votre fils ? Et qui est ce grand garçon ? » Le ton enjoué de la dame facilita la traversée du vestibule au paillasson tressé et à la plaque de bienvenue en émail vers l'escalier de la cave.

Tandis que leurs pas résonnaient sur les marches, le père de Ben dit : « Je n'aurais pas dû faire ça, c'est un dérangement pour sa femme de nous recevoir, je n'y avais pas pensé. Nous aurions dû passer de l'autre côté, mais alors il aurait fallu que Dutch débranche son système d'alarme. Tout le monde dans ce comté ne rêve que de lui voler ses fusils. Quand tu auras mon âge, Ben, tu verras quel mal de chien on a à seulement essayer de réfléchir. À seulement essayer de ne pas emmerder les gens à fond. »

La cave paraissait plus grande que la maison. Des cartons pleins de fiches, de vieilles chaises et de vieux canapés provenant de l'ancien fonds, des piles de journaux, des affiches de concours de tir et des râteliers à fusils étaient alignés tout autour de l'immense salle en ciment. À l'autre bout du sous-sol, il y avait un comptoir et, derrière le comptoir, un établi à l'éclairage cru, avec un tour. Le petit Murray ouvrait de grands yeux ; de toute son enfance il n'avait vu une armurerie. Alors que, dans l'enfance de Ben, il y avait une ruelle avec un mystérieux ancien garage à l'enseigne de « Réparations et Munitions ». Des bruits de martelage et de meulage en sortaient, la violence des métaux, et par de sombres après-midi d'hiver, en rentrant chez lui à toute allure avec son traîneau, Ben voyait des étincelles bleues trembler derrière les vitres. Mais il n'était jamais entré. La visite actuelle était donc, pour lui aussi, une aventure. Le fait d'être le fils de son père impliquait des choses de ce genre : on avait des aventures, on se laissait entraîner dans des endroits, on allait quelque part, on rencontrait des inconnus, on subissait des rebuffades, on connaissait des insuccès, on s'exposait d'une manière que Ben, dès qu'il en fut capable, rendit impossible : il entoura sa vie d'un tel rempart d'ordre et de bienséance qu'aucun faux pas ne pouvait se produire. Il était devenu un homme de loi, il tirait profit des préjudices que subissaient les autres, il réduisait des vies déréglées à des dossiers légaux. Même dans ses vêtements, il avait gardé la circonspection des années cinquante, tandis que ses associés se couvraient de chemises rayées et de pantalons de toile aux jambes évasées. Voyant la roideur habituelle de son fils se relâcher sous le charme de cette cave à l'atmosphère puissante et âcre, Ben comprit qu'il avait beaucoup moins été un père pour Murray que son propre père ne l'avait été pour lui, le devoir d'un père étant de communiquer à son fils le goût du monde. Des leçons de golf à Brookline, du bateau à voile dans le Maine, du ski dans le New Hampshire – qu'était-ce que tout cela sinon des distractions achetées, en comparaison des expédients improvisés et des hasards de la pauvreté ? Dans cette caverne se dissimulait l'odeur métallique du meurtre et, derrière le comptoir, deux hommes se penchaient bas sur quelque chose qui luisait comme un bijou.

Le père de Ben s'avança : « Dutch, voici mon fils Ben et mon petit-fils Murray. Le gamin est exactement comme toi, un perfectionniste, et cette mauvaise carabine que nous avons donnée à Ben il y a un million d'années l'a laissé en plan cet après-midi. » À l'autre homme qui se trouvait aussi du côté éclairé de la cave, il dit : « Je connais votre visage, monsieur, mais j'ai oublié votre nom. »

L'autre ferma à demi les yeux et dit : « Reiner. » Il portait une casquette de chasse Day-Glo et un parka bleu crasseux par-dessus une chemise et une cravate propres. Il avait l'air affable, peut-être à cause de ses lunettes aux verres sans monture. Ce devait être un client ; la pièce de métal que tenait l'armurier semblait être à lui. C'était une petite plaque percée de deux trous ; un anneau brillant avait été fixé dans l'un des trous et le pouce noirci de Dutch allait et venait sur le bord extrêmement mince où l'anneau coulissait dans la plaque.

« Environ deux millièmes de pouce », énonça l'armurier d'une voix lente, en avalant la dernière syllabe. Il était difficile de savoir à qui il s'adressait. Ses paupières paraissaient enflées – des capuches de plomb posées en oblique au-dessus des yeux qu'elles éclipsaient, d'où ne filtrait par instant qu'un éclair. Son corps tout entier semblait avoir croulé de sa charpente osseuse, de la mâchoire qu'agitait sans relâche un mouvement de rumination au ventre de buveur de bière sous le maillot de corps et aux genoux fléchissants. Sa démarche traînante semblait délibérément comique. Ses mains seules avaient un aspect énergique – des mains bosselées et ébréchées et depuis si longtemps au contact de mécanismes graisseux qu'elles avaient des aplats noircis pareils à des surfaces usées. Le majeur de la main droite avait perdu sa première phalange. « Deux ou trois millimètres au maximum. »

Le père de Ben avait retrouvé sa voix à la chaleur du sous-sol. Il se mit à jouer le rôle d'interlocuteur pour rendre la scène intelligible : « Tu veux dire que rien qu'avec ton pouce tu peux dire s'il manque un millième de pouce ?

— Ouais. Plus ou moins.

— C'est incroyable. Pour moi, ça relève du miracle. » Il expliqua à son fils et à son petit-fils : « Dutch a été chef mécanicien chez Hager Steel pendant trente ans. Il avait des centaines d'hommes sous ses ordres. Des centaines.

— Mille, grommela Dutch. Douze cents pendant la guerre de Corée. » Cette précision lui était tombée des lèvres comme une remarque habituelle. Ben pensa que son père venait souvent ici.

« Ma foi, je n'arrive pas à me représenter ça. Je ne vois pas comment diable tu faisais. Je ne vois pas comment un homme peut faire ce que tu faisais ; mon imagination rechigne. Ce gosse, là, Murray, pas Ben, est comme toi. Un conducteur d'hommes. Tous les deux vous avez ce qu'il faut. »

Ben pensa qu'il était temps pour lui de prendre la parole. En quelques phrases précises, il expliqua à Dutch comment la carabine n'avait pas réussi à tirer.

Son père s'adressa à l'homme aux lunettes : « Il m'aurait fallu toute la nuit pour dire la même chose. Mon fils vit en Nouvelle-Angleterre et là-bas on ne parle pas pour ne rien dire. Une chose dont je me félicite, et je parie que lui aussi, c'est que le petit n'a pas hérité du don de son vieux pour le bavardage inutile. Je l'ai toujours gêné, le petit. »

Dutch ouvrit le verrou de la 22 et, tenant son tournevis de telle sorte que son doigt mutilé prenait appui sur une cannelure de la crosse, fit tourner une vis minuscule que Ben, au cours de toutes les années où la carabine lui avait appartenu, n'avait jamais remarquée. Le verrouillage se défit en plusieurs pièces brillantes, piquées de rouille, qui tombèrent sur le comptoir. L'armurier en ramassa une et la sortit du petit ressort qui l'entourait. « Le percuteur. Cisaillé », dit-il. Sa bouche, quand il parlait, révélait un excès de flexibilité dû à l'absence de dents.

« En avez-vous un autre ? Pouvez-vous le remplacer ? » Ben détesta le ton haut perché et impérieux qu'il avait pris et qu'amplifiait l'acoustique de cette cave. C'était un ton accusateur.

Dutch dédaigna de répondre. Il abaissa ses extraordinaires paupières pour examiner la pièce de métal qui était devant lui ; l'une de ses mains se referma autour de l'étrange petite plaque à l'anneau luisant.

Le père de Ben intervint : « Il peut, Ben. Cet homme-là est capable de fabriquer un fusil à partir de rien. Pourvu qu'il ait un morceau de ferraille, ça lui suffit. »

« Merveilleux », dit Ben pour meubler le silence.

Reiner, alors que personne ne s'y attendait, se mit à rire : « Qu'est-ce que tu penses, demanda-t-il à l'armurier, de ce vieux Damascus à double canon où Jim Knauer a mis une triple charge de FG et de la poudre sans fumée ? C'est un miracle qu'il n'ait pas été défiguré. »

Dutch ouvrit la main et, au bout d'un moment, fit entendre un rire étouffé.

Ben se rendit compte que ces silences successifs étaient les étapes d'une sorte de cérémonial ; il sentit à côté de lui le petit Murray qui commençait à s'agiter parce que les choses traînaient.

« Voulez-vous que nous revenions demain ? » demanda-t-il.

Personne ne parut l'entendre. Reiner poursuivit : « Quelle était la marque de ce fusil ? Un Parker calibre 12 ?

– Un fusil anglais, dit Dutch. Un Westley Richards. Il l'avait payé trois cents dollars à un certain marchand de Royersford. Quelle sottise ! La première fois qu'il tirait, en plus. Il a même fendu la crosse. » Ses paupières se soulevèrent : « Qui veut une bière ? »

Le père de Ben dit : « Mon Dieu, je me suis tellement gavé de dinde qu'une bière risquerait de m'achever. »

Reiner parut trouver cela drôle : « On dit que l'alcool est bon pour la circulation.

– Je serais heureux d'en boire une petite gorgée, mais je ne jure pas de la finir. La première règle de la convivialité est "Ne regarde pas dans le blanc des yeux un cheval donné". » Mais son esprit commençait à s'émousser. Après l'effort accompli pour former ces phrases, le vieil homme se laissa choir dans un fauteuil aux accoudoirs démantibulés. Ressortant sur la pâleur jaunâtre de son visage, son nez paraissait blême comme une meurtrissure.

« Bien sûr, dit Ben. Puisqu'on nous les offre. Merci.

– Et toi, fils ? » demanda Dutch à l'enfant. Murray ouvrit de grands yeux en se rendant compte que personne ne se disposait à répondre à sa place.

« Il s'entraîne pour faire partie de l'équipe de ski », dit enfin Ben.

Le regard de Dutch s'attarda sur l'enfant : « Alors il te faut de bonnes jambes. Qu'est-ce que tu dirais maintenant d'aller chercher quatre boîtes de bière là-bas dans cette glacière ? » Il la désignait d'une main molle.

« Le réfrigérateur », précisa Ben.

Dutch tourna le dos et pêcha sur une étagère, parmi des boîtes de cigares crasseuses, un cylindre de métal qui, placé à côté du percuteur endommagé, lui donna satisfaction. Il se mît à traîner les pieds dans le petit espace, derrière le comptoir, inondé de lumière et regorgeant d'outils.

Tandis que le garçon distribuait les boîtes glacées de Old Reading, son grand-père expliqua à l'homme en casquette de chasseur : « Ce garçon est ce qu'on peut appeler un fervent du sport. Il fait de la voile, joue au golf, l'hiver dernier il a gagné la médaille bleue de, comment appelle-t-on ça, Murray ?

— De slalom. Pourtant, j'ai raté la descente.

— Vous entendez ça ? Il connaît le vocabulaire. S'il avait la chance de vivre ici avec vous, messieurs, il apprendrait aussi le vocabulaire des armes. Il deviendrait un tireur d'élite en rien de temps.

— Là où nous habitons, en ville, déclara le garçon, ma mère ne veut même pas que j'aie un pistolet à air comprimé. Elle déteste les armes.

— Le gamin veut parler de la ville de Boston. Son père y est à tu et à toi avec le maire. » Ben entendait son père reprendre difficilement son souffle entre chaque phrase et s'efforçait de ne pas écouter les paroles. Lui et son fils formaient la trame et la chaîne d'un long monologue laborieux. « Tout ce qui est compétition, le gamin en raffole. Il ne tient pas ça de moi. Il ne le tient pas non plus de son père. Ben a toujours eu le tact de garder ses pensées pour lui. On ne savait jamais ce qui se passait dans la tête du petit. Mon plus grand regret est de n'avoir pas été capable de lui enseigner le plaisir qu'on a à travailler de ses mains. Il a grandi en me regardant me débrouiller du mieux que je pouvais et aujourd'hui encore il continue. Il lui aurait fallu un père comme Dutch. Dutch se serait fait comprendre. »

Pour ne plus l'entendre, Ben fit le tour du comptoir et pénétra dans l'atelier. Dutch avait placé le petit cylindre sur un tour. Il ne portait pas de lunettes de protection et ne semblait pas prendre de mesures. Dans le brouillard miroitant du métal en train de tournoyer à toute vitesse, l'homme appuyait délicatement un cône incliné. Des copeaux d'acier tombaient régulièrement sur la table couverte d'éraflures. Des étincelles brunes volaient en formant une fleur de feu de la dimension d'une pivoine. Le cylindre devenait deux cylindres, l'un plus étroit émergeant des épaules de l'autre. Ben avait autrefois travaillé le bois à l'atelier de la « high school », mais cet homme savait vraiment modeler le métal. Il pouvait pénétrer dans le cœur insensible des choses. Dutch arrêta le tour, s'en écarta avec un grognement mélancolique et, en traînant drôlement les pieds, se dirigea vers d'autres outils. Ben, craignant que l'affection que lui inspirait cet homme n'éclatât sur son visage et n'humiliât les autres, revint dans la grande salle.

Reiner s'était lancé à son tour dans un monologue : « ... vous savez, une balle ordinaire sort du canon en tournant ; c'est de là que vient le nom de l'arme, *rifle*[1], à cause du *rifling*[2] qui est à l'intérieur et qui fait tournoyer le projectile. Or, ce que les Vietnamiens du Nord ont découvert, c'est que si on donne à une balle une vélocité suffisante, au-delà d'un point critique elle bascule, elle fait complètement la culbute, comme ça. La Convention de Genève dit qu'on ne doit pas utiliser de balle molle qui s'écrase et se déchire à l'intérieur du corps, comme les balles dum-dum, mais touchez un homme avec une balle qui bascule comme ça et ça lui arrachera le bras, ni plus ni moins. »

L'enfant écoutait avec circonspection en suivant des yeux les mains douces et blanches de l'homme aux lunettes montrant comment basculait la balle. Le père de Ben, assis dans le fauteuil démantibulé, le regard vague et fixe, aspirait la salive qui suintait de ses lèvres et s'efforçait silencieusement de reprendre son souffle.

« Maintenant, bien sûr, poursuivait le conférencier, ce qu'ils avaient trouvé de mieux là-bas pour la jungle, c'était un simple fusil de chasse. Vous

1. *Rifle* : à la fois la rayure du fusil et le fusil lui-même.
2. *Rifling* : le rayage d'un fusil.

prenez un calibre 20 ordinaire, monté peut-être avec un canon court, de toute façon vous n'avez pas plus de quinze mètres de visibilité, à cette distance un homme n'a aucune chance. L'écartement est peut-être de quatre-vingt-dix centimètres. » Avec ses bras, Reiner indiquait sur lui la dimension du cercle en prenant son cœur pour centre. « Ça vous met un homme en pièces. D'ailleurs, s'il n'est pas aussi près, l'écartement est plus grand et, même si le tireur n'a pas bien visé, il peut l'abîmer salement.

— La mort fait partie de la vie », dit le père de Ben comme s'il récitait une leçon depuis longtemps apprise.

Ben demanda à Reiner : « Étiez-vous au Vietnam ? »

L'homme enleva sa casquette de chasseur et révéla un crâne chauve : « Non. Ce n'est pas à ce grabuge-là que j'ai été mêlé. Canonnier de marine. Deuxième Guerre mondiale. Avec ces Bofor de quarante millimètres, on pouvait expédier un obus de neuf cents grammes à neuf mille mètres en l'air. »

Dutch sortit de son atelier, tenant d'une main un bout de métal et de l'autre une boîte de bière cabossée. Il posa la petite pièce cylindrique au milieu des morceaux épars du verrou, tripota le tout, et les différentes parties s'emboîtèrent.

« Ça va ? » demanda Ben.

Les mobiles lèvres de clown de Dutch sourirent : « Vous posez beaucoup de questions. » Il remit en place le verrou dans le calibre 22 et retourna dans son atelier. Les quatre autres gardaient le silence, on n'entendait que la respiration du père de Ben. Finalement la détonation sèche d'un coup de fusil retentit, amplifiée par les murs de ciment.

« Pour moi, c'est miraculeux, dit le père de Ben. Une pareille dextérité mécanique.

— Merci beaucoup, dit Ben, trop vite, dès que l'armurier eut posé la carabine réparée et essayée sur le comptoir. Combien vous dois-je ? »

Au lieu de répondre, Dutch demanda au jeune Murray : « As-tu déjà vu une machine comme celle-là ? » C'était un appareil fonctionnant par simple pression de la main qui servait à garnir et à river des cartouches. Il laissa le garçon tirer la poignée. Les cartouches avançaient en rond, recevant chacune sa charge de poudre et de plombs. « Ça ne risque pas d'exploser », dit Dutch pour rassurer Ben.

Reiner expliqua : « Vous voyez ce que c'est que ça — et il tendait vers eux la mystérieuse petite plaque avec son anneau brillant — : en y insérant ce manchon, Dutch fait que je peux réduire la proportion de poudre par rapport à la charge de projectiles, quand j'emploie des grains plus fins, à la saison des cerfs. »

Murray s'écarta de la machine : « Ça marche rudement bien. Merci beaucoup. »

Dutch considérait Ben d'un air méditatif. Son verdict tomba : « Je pense que ça fait deux dollars. »

Ben protesta : « Ce n'est pas assez. »

Le père de Ben vint à son secours dans le silence qui suivit : « Donne-lui ce qu'il te demande. Tout l'or du monde ne paierait pas une habileté pareille, c'est un don de Dieu. »

Ben paya et, dans sa hâte de ramener tout son monde à la maison, toucha la porte latérale avant que Dutch ait débranché le signal d'alarme. Des sonneries aiguës se déclenchèrent. Ben sursauta. Tout le monde se mit à rire, même — en dépit de sa détestation, qui lui venait du temps où il était instituteur, pour ce qu'il appelait « l'humour cruel » — même le père de Ben.

Dans l'obscurité de la voiture, le vieillard soupira : « Il est ce qu'on pourrait appeler un génie et un gentleman. As-tu remarqué de quelle façon ton papa le regardait ? Une pure adoration, d'homme à homme. »

Ben lui demanda : « Comment te sens-tu ?

— Mieux. Ça ne m'a pas plu que Murray ait dû écouter toutes ces histoires de carnage que racontait Reiner.

— Ah, dis donc, fit Murray, sûr qu'il est fou des armes à feu.

— C'est un homme seul. Tout ce qui lui plaît, c'est de sortir de chez lui pour venir traîner dans la boutique. Il doit vraiment casser les pieds à Dutch. » Peut-être cette réflexion risquait-elle de paraître dure, ou applicable à lui-même, car il corrigea : « En fait, il est inoffensif. Il dit qu'il était dans l'artillerie de marine, mais savez-vous où il a passé toute la guerre ? À croiser dans les Caraïbes en prenant des bains de soleil. Il est comme moi. J'ai fait la première et mon plus bel exploit a été de survivre à l'influenza, au camp d'entraînement. Nous devions embarquer à Hoboken le jour de l'Armistice.

— Je ne savais pas que tu avais été soldat, grand-père.

— Tuer ou être tué, c'est ma devise. »

Il paraissait, en prononçant ces mots, si perdu dans ses rêves et si fragile que Ben lui demanda : « J'espère que nous ne t'avons pas trop fatigué.

— Je suis ici pour ça, répondit le vieil homme. Notre but est de rendre service. »

Au lit, Ben entreprit de raconter à Sally leur sortie, de lui décrire la boutique de l'armurier : « Tout là-dedans sentait la mort. Je crois que le gosse était un peu effrayé. »

Sally dit : « C'est tout naturel. Il n'a que quatorze ans. Tu es très dur avec lui, tu sais.

— Je sais. Mon père était gentil avec moi et quelle a été sa récompense ? Des douleurs dans la poitrine. Je lui ai toujours porté sur les nerfs. »

Une fois endormi, il rêva qu'il était un gamin avec un fusil. Un petit oiseau, pas plus grand qu'un point noir dans un puzzle, était posé dans le pêcher, près de la clôture de la prairie. Ben visa soigneusement et, avec une extrême lenteur, pressa sur la détente. Le point noir tomba comme une pierre. Ben s'approcha et découvrit le corps brun d'un roitelet, proprement décapité. Il n'y avait pas beaucoup de sang, juste des plumes sans tête. Il s'éveilla et se rendit compte que le rêve appartenait à la réalité. Les choses s'étaient passées exactement de cette manière, le premier été où il avait eu la carabine. Il ne se l'était jamais pardonné. Après le petit déjeuner, lui et son fils partirent de nouveau à travers les feuilles mortes des fraisiers, vers la décharge. Là, le rêve se poursuivit. Bien que Ben assurât ses mains tremblantes d'homme mûr en prenant appui contre un tronc d'hickory et visât avec tant de soin que son œil ouvert le brûlait, les boîtes de conserve et les bouteilles restaient indifférentes à ses coups. Les balles passaient entre les cibles. Alors que, quand le petit Murray prit la carabine, le silence des arbres parut se concentrer dans la tension meurtrière de son visage taché de son. Les boîtes sautèrent, les bouteilles volèrent en éclats. « Tu me bats à plate couture », cria Ben. Dans son orgueil et son soulagement, il ne put s'empêcher de rire.

La vie de famille en Amérique

Les femmes gardent les maisons. Cela facilite la tâche des hommes de loi et celui de Fraser avait eu un entretien avec lui à ce sujet le vendredi. Donc, le samedi matin, en traversant à pied la prairie, lors de sa visite de fin de semaine (Greta, par crainte de rencontrer Jane, l'avait laissé à l'angle le plus éloigné du terrain), il vit pour la première fois ces lieux comme quelque chose qui ne lui appartenait en rien. Un endroit charmant.

Il faisait chaud pour la mi-décembre, la terre était nue et de la boue scintillait en bordure de la route. Le blanc de ce qui avait été sa maison formait un contraste éclatant avec le vert des pins massés derrière et le bleu de la crique marine au-delà. C'était, vu de l'extérieur, un édifice empreint de sérénité et impressionnant, mais la disposition intérieure était assez incommode, l'ensemble difficile à chauffer, et il était difficile aussi d'y trouver un coin tranquille. Le seul détail de sa vie en ce lieu qui lui manquerait n'était pas à l'intérieur mais à l'extérieur – pouvoir plonger nu par une chaude journée d'été de la jetée flottante qu'il avait construite dans la seule parcelle d'eau de mer qu'il posséderait jamais. Même à marée basse, un plongeon à plat le transportait en un endroit où il avait de l'eau plus haut que la tête, au centre du chenal ; de là, le monde environnant, que composaient les rives de sombre argile et l'herbe verte des marais, lui apparaissait subtilement, merveilleusement transformé par la perspective du contrebas, un monde des commencements de la vie, mal dégagé des brumes, inhabité, fragile, étrange. Certes, les voitures et les bicyclettes passaient sur le pont pas très loin de là, mais Fraser choisissait son moment, se dépouillait de ses vêtements de ville et plongeait hardiment – usant de ses prérogatives de maître de maison.

Les chiens aboyèrent puis, reconnaissant sa voix grondeuse, accoururent vers lui. Ils croyaient lui appartenir encore. Ils avaient mis à mal, pour la centième fois, le carré de pachysandres que Jane avait essayé de faire pousser sous les lilas, près de la porte de la cuisine ; Fraser se baissa pour remettre en place plusieurs pierres du petit mur de soutènement qu'il avait construit là dans l'espoir de mettre un peu d'ordre dans un coin où régnait le chaos. Les chiens, incorrigibles, avaient élu cet endroit précis pour creuser des trous, se coucher et ronger les savoureux morceaux de carton et de papier d'étain qu'ils obtenaient en renversant les poubelles. La vie domestique s'engouffre comme dans un entonnoir en certains points congestifs ; la porte de derrière était un de ces points où convergeaient les chiens, les lilas et les poubelles, bloquant presque les marches de la véranda où s'entassaient les skis, les pelles à neige, les pots de fleurs de l'été passé et les outils de jardinage rouillés. La porte ouvrait entre la machine à laver et le séchoir, dans une partie en retrait de la cuisine. Un précédent propriétaire avait construit un incommode ensemble d'étagères au-dessus du radiateur ; sur le rayon le plus bas, un chat sommeillait dans un nid de moufles et de gants mis à sécher. Jane était devant l'évier et l'autre chat se frottait à ses chevilles. Elle leva les yeux avec une feinte stupéfaction : « Eh bien, voyez-moi qui nous arrive !

— Où sont les autres ? » demanda Fraser en gardant ses distances. Il lui avait été relativement facile de perdre l'habitude de l'embrasser en arrivant. Quand ils vivaient ensemble, ils s'embrassaient rarement ; ils s'étaient mis à s'embrasser quand ils s'étaient séparés, au temps où ils n'étaient pas encore accoutumés à se dire bonjour et au revoir.

« Ôte-toi de là ! » dit Jane au chat en l'envoyant d'un petit coup de pied valser à l'autre bout du linoléum. « Nancy a passé la nuit chez les Harrison après un bal, et Kenny est allé essayer son permis de conduire tout neuf. Les deux autres sont à la fac — mais tu le sais, n'est-ce pas ?

— Je paie leurs notes, dit Fraser. Kenny a été reçu ? C'est magnifique, non ?

— Oui, à condition qu'il ne se tue pas. Il ne parle que de "grandes randonnées". Il voulait te reconduire à Boston ce soir. Je lui ait dit que sûrement pas.

— Qu'est-ce qui te fait croire que je retourne à Boston ?

— Seigneur, n'en as-tu pas *assez* d'elle ? Pourquoi ne pas vous mettre tout simplement en ménage ?

— Nous pensions que tu ne le supporterais pas.

— C'est vrai. Je ne pourrais pas. Comme c'est intelligent de votre part à tous les deux de l'avoir compris. »

Il lui fallait mettre au point un type de visites différent. Moins fréquentes, elles seraient peut-être plus satisfaisantes. Mais un besoin mal défini, chez lui ou chez eux, le faisait revenir sans cesse. Sur les lieux de son crime. Fraser accrocha son manteau, après avoir cherché un bon moment une patère pas trop encombrée. Des vêtements datant de chacun des stades du développement de ses enfants semblaient être encore là : parkas de ski, cabans, blousons en dénim, imperméables jaunes. Il avait équipé une armée.

« À quoi riment mes visites aux enfants s'ils ne sont jamais là ? demanda-t-il à Jane. La seule personne que je parviens à voir, c'est *toi*.

— Lamentable, n'est-ce pas ? Veux-tu une tasse de café ?

— Avec plaisir », dit-il bien que Greta lui eût déjà donné deux tasses de son café à elle qui était très fort. « Pas de problèmes avec la maison ?

— La réparation de la TV a coûté quatre-vingt-douze dollars. Les ouvriers sont venus voir la chaufferie mais le moteur continue à faire ce cliquettement quand le thermostat essaie de le relancer.

— Mais la maison est assez chauffée ?

— Je suppose que oui », dit Jane du bout des lèvres en disposant le café devant lui sur la table de cuisine. Après son départ, elle le lui avait dit un jour, elle avait continué pendant des semaines à verser deux demi-tasses chaque jour après dîner, par habitude. Et puis un soir, alors qu'il était là, elle n'avait apporté qu'une seule tasse, par l'effet d'une nouvelle habitude.

« Je vais voir ça, dit Fraser. Est-ce que Kenny ne travaille jamais au sous-sol ? » L'enfant avait été un artisan en herbe ; il avait aidé son père à construire la jetée flottante. Ils avaient passé là de bons moments, le garçon et lui, à donner ensemble, dans la boue et le soleil, des coups de marteau dont le bruit se répercutait à travers le marais.

« Pas souvent », dit Jane. Voyant que cela attristait Fraser, elle changea de sujet : « Comment c'est, euh, *chez elle* ?

— Mélancolique. Sa chaufferie ne marche pas très bien non plus. Billy essaie tout le temps d'appeler son père au téléphone. Il a appris à faire le numéro. Ça la rend folle. Ça la fait se sentir coupable.

— Ma foi, elle a de bonnes raisons de se sentir coupable », riposta Jane, mais sa voix ne réussit pas à prendre le ton sérieux que l'affirmation exigeait. Il connaissait bien cette intonation : celle du réflexe moralisateur de Jane émoussé d'avance par la certitude qu'il allait se moquer d'elle.

« Pourquoi ? dit-il avec insouciance. Est-ce que tu ne trouves pas que même la culpabilité finit par être assommante ? » L'effort de venir ici, de refermer la portière de la voiture de Greta, de traverser à pied le terrain et d'ouvrir la porte de la cuisine l'avait fatigué. « Je vais donner un coup d'œil au sous-sol. Et puis j'irai m'occuper des contre-fenêtres de notre chambre — de ta chambre. Tu les poses tout de travers. Ces foutus machins sont pourtant numérotés, tu le sais.

— Je les pose de mon mieux. » Et elle ajouta d'un air de défi : « J'aime bien qu'il fasse frais dans une chambre à coucher.

— Je m'en souviens. » Il regretta d'avoir dit cela ; ils auraient dû oublier depuis longtemps ces chicanes. Alors il demanda d'un ton conciliant : « Tu es contente de devenir propriétaire de toute la maison ? Ton avocat t'a dit ?

— Il a téléphoné, oui. Il semblait ravi, je ne vois pas pourquoi. Ça ne me faisait rien d'être en copropriété. J'ai confiance en toi.

— Tu as tort. C'est à ton avocat qu'il faut faire confiance. » La joyeuse indifférence de Jane le fâchait. « Tu es une femme difficile à satisfaire. On te donne toute une grande maison, avec ce terrain et cette crique superbes, et tu ne dis même pas merci. »

Jane haussa les épaules : « Comme tu le disais, je ne sais pas poser les contre-fenêtres. »

Pendant que Fraser se battait avec les fenêtres, Kenny rentra en faisant crisser le gravier de l'allée carrossable et se disperser les chiens. Fraser descendit. Son fils, à seize ans, était devenu d'une beauté déconcertante ; la beauté était associée, dans l'esprit de Fraser, à la fragilité et à la faiblesse, à un équilibre précaire. Le visage du garçon était large et lisse, son sourire épanoui, ses cheveux, qui avaient poussé, retombaient en ondulant de part et d'autre d'une raie médiane. Ses yeux, autrefois d'une innocence candide, étaient devenus malins, pétillants et timides. Fraser aussi se sentait timide devant lui.

« Comment était-ce ? demanda-t-il.

— Merveilleux. J'ai fait du dérapage contrôlé. Il commence à neiger.

— Seigneur Jésus. Ne fais pas ça. Tu te tueras.

— Oh, je l'ai bien en main. » Le garçon posa un sac d'articles d'épicerie à côté de l'évier ; il était devenu l'homme de la maison.

« Félicitations pour le permis, lui dit Fraser. Moi, la première fois, j'ai été collé.

— L'examinateur a été chic. J'ai essayé de démarrer avant d'avoir desserré le frein à main et il n'en a pas tenu compte. Quand va-t-on chercher l'arbre de Noël ? » Cette question s'adressait plus à sa mère qu'à son père.

« Il veut en couper un dans les bois », expliqua Jane à Fraser.

« Bien sûr, pourquoi pas ? » dit Fraser. Il avait la tête encore pleine de numéros de contre-fenêtres, de problèmes de côtés qui ne s'ajustaient pas bien.

Le front de Jane avait son pli de contrariété : « S'il le coupe trop tôt, le sapin va sécher. Je ne veux pas avoir une maison pleine d'aiguilles.

— Va te faire foutre », dit Kenny avec la soudaine colère qui maintenant était toujours prête à éclater sous son calme apparent. Il rougit et reprit d'un ton plus conciliant : « Il n'y a plus qu'une semaine.

— Une semaine et demie, intervint Fraser. Pourquoi ne pas attendre samedi *prochain* ? Je t'aiderai. Les autres seront revenus de l'université.

— Je n'ai pas besoin qu'on m'aide.

— Il a déjà repéré l'arbre, dit Jane.

— Bon, alors laisse-le aller le couper. Tu peux bien balayer des aiguilles une fois par an.

— Allez au diable, tous les deux », dit Kenny et il sortit à grands pas de la pièce.

Fraser croyait avoir vu des larmes dans les yeux du garçon.

« Pourquoi a-t-il dit cela ? demanda-t-il.

— Il déteste nous entendre nous disputer.

— Mais nous ne nous disputions pas. »

Il suivit Kenny dans la salle de séjour, s'attendant à une scène où il ferait piètre figure ; il était déchu de son droit à l'indignation et le garçon le savait. Au fond de toutes ses conversations avec ses enfants, il y avait le désir informulé de leur demander pardon.

Kenny était étalé dans le fauteuil bleu ; il souriait et fredonnait en examinant son permis de conduire. Le permis était pris dans un revêtement de matière plastique et comportait une photo au Polaroïd de son visage, à côté de son signalement. « C'était rudement bien, dit-il à son père, leur façon de s'y prendre, il était encore chaud quand ils me l'ont donné. » Il tendit à son père le précieux rectangle ; Fraser fut frappé de voir combien le visage sur la photo paraissait âgé, pas commode et résolu – et même rebelle. « As-tu commencé à te raser ? » demanda-t-il.

La neige continua à tomber par à-coups tout l'après-midi, presque sans s'accumuler. Nancy téléphona pour dire qu'elle rentrerait de chez les Harrison après déjeuner. Jane servit à Kenny et à Fraser une sorte de bouillabaisse de palourdes et annonça qu'elle avait rendez-vous pour jouer dans un tennis couvert. « Tu ne vas pas nous abandonner ? » protesta Fraser, mais elle partit sous la neige, en chaussures de tennis, avec deux de ses anciens partenaires au golf et la femme de l'un d'eux. Kenny écarta la suggestion qui lui était faite d'aider à poser les contre-fenêtres et repartit avec la voiture. Fraser alla voir la chaufferie, caressa les chats, emmena les chiens en promenade jusqu'au pont et retour. Dans la maison, il examina les livres et se demanda comment lui et Jane pourraient jamais se les partager, sauf dans les cas où, ayant suivi les mêmes cours à l'université, ils les possédaient en double exemplaire. Il y avait côte à côte deux volumes de poèmes de Yeats ; il en emporta un sur le canapé. Le plus grand des deux chiens (récemment encore ils étaient trois) vint poser son museau sur la poitrine de Fraser ; cette quête d'affection – le souffle du nez humide et chaud, les yeux brun doré inquiets et vigilants – parut à Fraser si épuisante qu'il s'endormit. La porte de la cuisine claqua ; Nancy était rentrée. Encore potelée à quatorze ans, mais déjà grande, elle se privait de nourriture.

« Papa, je n'ai pris depuis jeudi qu'une assiettée de choux en salade.

— Mon bébé, il faut manger.

— Pourquoi ? Je trouve que c'est une habitude dégoûtante.

— En réalité, avoua-t-il, encore ensommeillé, tu es superbe. » Le visage de Nancy, un rien aminci, était en forme de cœur et rougi par le froid.

« On va avoir de la tempête, lui dit-elle. Ne veux-tu pas porter la pierre de Penny dans le bois tant qu'on peut encore le faire ? » Penny avait été leur première chienne, une chienne de chasse douce et gentille, au poil feu. Elle était devenue très vieille et toute raide, son dos s'était voûté sous l'effet de la douleur et pourtant elle n'arrivait pas à mourir. Lors d'une de ses visites, Fraser avait creusé sa tombe, au cas où elle mourrait avant son prochain passage, et la chienne l'avait suivi dans le bois ; elle était restée couchée à côté du trou qui s'agrandissait, à goûter l'odeur de la terre fraîchement remuée et la sensation de l'activité humaine. À un moment, Fraser l'avait mesurée avec le manche de la pelle et elle avait agité la queue, amusée. Cependant, elle n'était pas morte. Pendant le week-end suivant, ils avaient fait venir le vétérinaire. Penny aimait bien le vétérinaire mais redoutait son chenil. Elle lui avait tendu la patte et il lui avait injecté un liquide violet. Pendant une ou deux secondes, elle avait levé sur eux un regard qui quêtait l'approbation, puis elle était tombée évanouie sur la pelouse dans une attitude de décontraction surprenante. Tandis qu'ils l'observaient, en rond autour d'elle (Kenny était resté à la maison à écouter des disques, refusant de voir ça), sa respiration était devenue de moins en moins profonde. Et elle était morte, dans les ombres allongées du soleil de novembre. Quand Fraser l'avait soulevée, sa peau n'était plus qu'un sac contenant ses os ; tandis qu'il couchait son corps flasque dans le trou qu'il avait creusé, il s'était vu tout à coup, à travers ses larmes absurdes, excessives, en train d'enterrer une douzaine d'étés dorés, l'enfance de ses enfants et la période d'innocence de sa vie d'homme.

Nancy avait trouvé une pierre, plate d'un côté, sur laquelle elle avait peint, avec de la peinture verte à faire les retouches : « PENNY 1963-1975 ». Fraser transporta la pierre. Une fois en place, elle leur parut un peu trop importante et majestueuse, sur la terre poudrée de neige, dans le demi-jour du bois sans feuilles ; mais en été, songea-t-il, elle serait recouverte par le sumac vénéneux et se perdrait dans la masse des autres sumacs. « Veux-tu dire une prière ou quelque chose ? » demanda-t-il à Nancy.

L'enfant leva les yeux pour voir dans quelle mesure son père y tenait et dit : « Je pense que non.

— Nous y mettrons des jonquilles au printemps, suggéra-t-il.

— Tu viendras encore ici au printemps ?

— Mais bien sûr. »

Jane rentra juste à temps pour faire le dîner, après être allée boire quelques verres avec ses amis joueurs de tennis. Elle rapporta à Fraser leurs cancans, mais ce fut pour lui comme de lire les bandes dessinées des journaux disséminés à travers la maison : il avait perdu le fil. À table, Kenny remit sur le tapis la question de l'arbre de Noël mais ils ripostèrent en l'interrogeant sur ses devoirs à la maison. Il jura et quitta la table. Nancy dit à son père : « Quel garnement gâté il est devenu ! Papa, je voudrais que tu entendes comment il parle à maman. »

Jane dit : « Tous les enfants parlent comme ça maintenant. Ils disent des choses que nous n'aurions même pas pensées.

— L'équilibre est rompu, cita Fraser. La pure... points de suspension.

— La pure anarchie est lâchée sur le monde », compléta Jane.

Nancy les regarda l'un après l'autre et l'espoir, dans ses yeux, fut comme le museau chaud et humide du chien, un poids posé sur la poitrine de Fraser.

Jane pensa à apporter deux tasses de café. Il examina avec elle le budget qu'elle avait préparé pour son avocat. Nourriture, vêtements, chauffage, électricité — ainsi énuméré, tout cela avait un air d'indigence.

« Qu'est-ce que c'est que ces mille dollars de distractions ?

— Une idée à lui. Il m'a dit d'inclure une somme pour les distractions.

— Ne le prends pas comme ça. Je m'en fiche. Je me demandais seulement ce que tu envisageais.

— Je n'envisage rien. Le trou noir. Un voyage. Rien que la neige d'aujourd'hui suffit à me donner la nostalgie des Caraïbes. Nous ne retournerons jamais ensemble à Saint-Martin, n'est-ce pas ?

— Je ne vois pas comment ce serait possible.

— Si j'étais d'accord pour divorcer à Haïti, viendrais-tu avec moi ?

— Je ne peux pas, Jane. Parlons un peu de ce chiffre pour les vêtements. Il me paraît bas.

— Pour qui ai-je besoin de m'habiller ?

— Il va vraiment falloir que je m'en aille.

— À quelle heure t'attend-elle ?

— Elle sait que je dîne avec les enfants.

— Eh bien, le dîner n'est pas fini. Veux-tu un peu de chartreuse ?

— Dans quelle rubrique entre l'argent de la chartreuse ?

— Elle fait partie des "articles de ménage". »

Nancy voulut retourner passer la nuit chez les Harrison et Kenny offrit de l'y conduire en voiture.

« Quand seras-tu de retour ? demanda Fraser.

— Ça dépend.

— Comment rentrerai-je à Boston ?

— Maman dit que tu ne retournes pas à Boston.

— Sois très prudent.

— Bien sûr », dit Kenny. Peut-être, songea Fraser, étaient-ce ses gros sourcils et ses cils de fille qui donnaient au garçon cet air sombre, accusateur.

Les enfants partis, la chartreuse bue, il supplia : « Je dois partir. Je t'en prie.

— Qui t'en empêche ? »

Pas elle, il s'en rendit compte avec surprise. L'obstacle à son départ était en lui. « Je déteste te laisser dans une maison vide. »

Elle haussa les épaules : « J'y suis habituée.

Kenny finira par rentrer. » Ce qui la fit penser à demander : « Comment es-tu venu ici sans voiture ?

— À pied », dit-il en se levant. Il avait redécouvert le plaisir de la marche ; il aimait se sentir dans la position verticale, libre de ses mouvements, une unité irréductible en train d'inspecter l'un ou l'autre des morceaux de sa vie disséminés comme les trésors d'un avare de façon à déjouer les ruses des voleurs.

« Je vais aller avec toi jusqu'à la route », dit Jane.

Dans la nuit, ils sentirent sur leurs visages le baiser de la neige. Les chiens les accompagnaient en gambadant follement autour d'eux. Comme la route était glissante, Jane prit son bras. Près de l'angle du terrain, là où Greta l'avait déposé le matin, Jane s'arrêta, sous un lampadaire ; les flocons de neige tombaient dans la sphère éclairée comme dans une boule de verre qu'on retourne.

« À partir d'ici, les chiens commencent à se battre avec d'autres, dit-elle.

— Comment les empêcher de nous suivre ?

— Je vais rentrer. Tu vas rester là jusqu'à ce que je les appelle. » Elle le serra dans ses bras, collée à lui ; ses lèvres se confondaient avec les flocons de neige, son corps était épais, tout rembourré dans l'un des parkas des enfants.

« Pourquoi es-tu si gentil, tout d'un coup ? demanda-t-elle.

— Je ne suis pas gentil », dit Fraser. Et quand elle eut mis entre eux une distance respectable, il cria : « Merci pour ce moment agréable. Téléphone-moi si Kenny démolit la voiture ou s'il se passe quelque chose. »

Elle appela les chiens et, dès qu'ils l'eurent rejointe, se mit à caracoler en leur compagnie, à se donner des claques sur les cuisses avec ses moufles, à sauter sur place quand ils lui bondissaient au visage ; elle s'éloigna peu à peu de la zone éclairée, disparut en direction de la maison vide à la lisière de la ville. Fraser se remit en marche sur la route bordée de jardins de plus en plus petits à mesure qu'il se rapprochait du centre de la ville.

Greta était en train d'enlever des cochenilles sur ses plantes vertes, dans la cuisine. Fraser resta une minute dans la cour, derrière la maison, à la regarder ; elle avait aligné les plantes sur le plan de travail et avançait le long de la rangée en écrasant systématiquement les invisibles petites bêtes. Une cigarette se consumait sur les carreaux de faïence ; elle la prenait et tirait une bouffée chaque fois qu'elle en avait fini avec une plante. Il poussa la porte sans frapper. Greta sursauta mais le reconnut aussitôt et son visage s'adoucit, perdit l'air de concentration acharnée que Fraser venait de lui voir. Il la prit dans ses bras et le contact de ce corps plus mince, plus jeune, insatisfait, si tôt après avoir tenu contre lui la masse rembourrée de Jane, le fit se sentir si fatigué qu'il supplia : « Allons nous coucher.

— Veux-tu d'abord une bière ?
— J'en partagerai volontiers une.
— Comment s'est passée ta journée ?
— Épuisante. Les enfants n'arrêtent pas d'arriver et de repartir. Surtout de repartir.
— Jane a pleurniché ?
— Non, elle semblait bizarrement pleine d'entrain. Et même d'allégresse.
— Ah. Tu as l'air si malheureux. Elle n'a pas voulu te faire de la peine.
— Comment s'est passée ta journée à toi ?
— Ignoble, comme d'habitude.
— Les enfants dorment ?
— Bien sûr. Tu sais l'heure qu'il est ?
— Qu'est-ce que vous avez mangé ce soir ? » Pour exprimer sa colère contre son mari, pendant qu'ils louvoyaient vers un arrangement financier, Greta prenait de dramatiques virages à la corde avec le budget familial.

« Oh, de la pâtée pour les chats, comme d'habitude.
— Sérieusement. Ne plaisante pas là-dessus. Ça me retourne l'estomac.
— Nous avons fait un succulent repas de hot dogs et de bananes.
— Hum. » Il but toute la bière pendant qu'elle en finissait avec les cochenilles.

Parlant à la cadence à laquelle elle les écrasait, elle dit :

« Ça me rend *folle*, la façon dont tes enfants te *traitent*. Ils devraient rester à la maison, le jour où leur père a la *bonté* d'aller les voir. Je serais si reconnaissante à Ray s'il nous accordait un peu de temps, mais oh, *non*...

— La situation n'est pas la même », l'interrompit Fraser. L'entendre parler de son mari le mettait mal à l'aise ; elle y mettait trop de chaleur. Il doutait de jamais pouvoir obtenir d'elle le degré d'attention que Ray — ce nom seul était une brûlure —, même de loin, suscitait. Fraser vint se placer derrière elle pendant qu'elle finissait de s'occuper des plantes. Il lui retira ses épingles à cheveux. Ils éteignirent ensemble les lampes et allèrent se coucher. Ce fut pour lui comme le moment où, las et sale après une journée de travail, il se mettait nu et s'abandonnait à l'élément liquide, à l'eau porteuse au centre du chenal, qui opposait à chacun de ses mouvements une résistance soyeuse et le maintenait à la surface de son noir abîme intérieur.

Il s'éveilla, une première fois, au bruit d'une allumette grattée ; la lueur emplit la pièce jusque dans ses recoins. L'horloge digitale annonça qu'il était deux heures vingt-deux. « Qu'est-ce que tu fais ? demanda-t-il, irrité.

— Oh, je réfléchis. » La cigarette rougeoyait chaque fois qu'elle tirait une bouffée.

« À quoi ? »

Elle nomma son mari et Fraser se réinstalla pour dormir. Il s'éveilla de nouveau en entendant les fils de Greta se préparer à aller à l'église. Le plus jeune, Billy, vint s'asseoir sur le lit et demanda à Fraser de lui attacher ses après-ski. L'enfant, qui avait cinq ans, avait mis, en l'honneur de la neige, ses après-ski sans enlever son pyjama ; lorsque Fraser tenta de lui faire remarquer l'incongruité de cet accoutrement, le visage de l'enfant se creusa de fossettes et il se mit à rire : comment cet homme nu dans le lit de sa mère pouvait-il prétendre lui faire croire que la vie n'est pas bourrée d'incongruités ?

Au rez-de-chaussée, les frères de Billy, les jumeaux, prenaient bruyamment leur petit déjeuner après avoir mis en route au passage le poste de télévision. Ensuite, ils montèrent et, avec maintes clameurs relatives à des objets perdus ou volés, assemblèrent morceau par morceau leurs tenues pour l'église. Greta aussi passa et repassa en tous sens, insaisissable dans sa nudité lumineuse, puis en slip prune et enfin décente dans un jean et un pull rouille à côtes retrouvés dans la buanderie en désordre et les placards bizarrement placés de cette maison. Fraser saisit un moment où personne ne traversait la chambre pour réenfiler les vêtements qu'il avait laissé choir la veille à côté du lit. Le soir, il n'avait pas le sentiment d'être en contravention, il usait avec la même aisance de la maison et de la femme qui était dedans ; mais le jour, cette maison semblait appartenir à d'autres : aux enfants, au soleil, au voisinage, à un courant de vie sans culpabilité qui se heurtait à sa présence comme à un obstacle qu'il fallait contourner. Pendant qu'il prenait son petit déjeuner, les jumeaux regardèrent Fraser poliment, sans curiosité, comme une page du journal du dimanche où il n'y a ni histoires drôles, ni rubriques sportives. Greta leur demanda avec cette sémillante sollicitude maternelle dont elle était coutumière : « Ça vous plairait, les garçons, qu'on aille acheter notre arbre de Noël quand vous rentrerez de l'église ? Mr. Fraser nous aiderait à l'installer. »

Une bouffée d'enthousiasme irréfléchi envahit les deux visages identiques puis, à la réflexion, s'effaça. L'année précédente, leur monde s'était aigri, leur idée de Noël s'était refroidie. « Nan, dit le légèrement plus blond des deux. Pourquoi Billy, toi et Mr. Fraser n'iriez pas ? »

Le légèrement moins blond ajouta : « Je parie que papa aiderait à l'installer, si tu le lui demandais. »

Fraser jeta un coup d'œil sur Greta : elle allumait une cigarette et rien chez elle ne révéla qu'elle éprouvait le sentiment d'être rejetée, si ce n'est qu'elle éteignit son allumette d'un unique et bref mouvement du poignet. Elle, Billy et Fraser sortirent acheter un arbre ; il était pansu, dense et symétrique. Les arbres de Greta étaient toujours ainsi. Les arbres qu'il achetait autrefois avec Jane, généralement le soir, à la dernière minute, avaient toujours été squelettiques, percés de lacunes qu'il fallait tourner du côté du mur, ce qui ne servait qu'à révéler d'autres lacunes.

Les jumeaux rentrèrent de l'église et furent envoyés au grenier chercher de quoi décorer l'arbre. Les objets de famille qu'ils rapportèrent étaient délicats et fragiles : boules oblongues à striures concaves, tulipes de verre soufflé, guirlandes de couleur en papier métallisé, une crèche sculptée assez petite pour être suspendue à une branche, quatre anges en papier mâché habilement plié et colorié. Tandis qu'il manipulait ce précieux héritage, Fraser s'aperçut que ses mains, obligées de s'ingérer maladroitement dans un lacis de biens personnels et de traditions, s'étaient mises à trembler. Il se sentait irrémédiablement déplacé. Et son sentiment s'étendait au plus jeune enfant, Billy, qui, toujours en après-ski, regardait d'une distance prudente l'arbre comme un ogre odorant, cuirassé d'oripeaux clinquants, qui aurait envahi la salle de séjour. Fraser recula d'un pas et tenta d'affronter cet étranger : « Qu'est-ce que tu en penses, Billy ? » demanda-t-il d'un air de conspirateur.

Un des jumeaux se glissa sous l'arbre jusqu'à une prise de courant et les lumières clignotèrent. Billy se mit à pleurnicher et s'enfuit de la pièce. Greta partit à sa poursuite et, incapable de deviner la raison de sa mauvaise humeur, l'attribua à la fatigue. Elle-même était épuisée, les informa-t-elle en servant le déjeuner. Billy déclara : « Je déteste ce qu'on mange dans cette maison » et se laissa glisser de sa chaise. Pendant qu'ils avalaient leur potage au poulet, les quatre autres l'entendirent composer furtivement un numéro sur le cadran du téléphone dans la salle de séjour. Sa petite voix sonna, claire comme un bruit de cloches :

« Heu... c'est Billy... mon père est là ?... Papa ? Peux-tu venir me chercher ?... Je ne veux pas... je sais... D'accord. » Avant que Greta eût réagi, l'enfant avait raccroché. Il revint dans la cuisine, tout fier, rayonnant de joie : « Papa va venir et il m'emmènera. »

La bouche de Greta, durcie par l'effort, paraissait desséchée : « Mais tu devais aller voir Donald *chez lui* cet après-midi ! »

Les yeux levés de l'enfant ne perdirent que très peu de leur éclat : « Est-ce que tu ne peux pas lui téléphoner ? » demanda-t-il sur un ton d'espièglerie mélodieuse qui fit rire un de ses frères.

« Je pense que si », dit Greta d'une voix faible et Fraser se sentit obligé d'intervenir :

« Billy, avant de téléphoner à ton père, tu dois en parler à ta mère. Ton père avait peut-être d'autres projets et Donald va avoir de la peine. Tu as vu ton père hier. Tu ne peux pas le voir tous les jours. »

Sans même détourner les yeux du visage de sa mère, Billy dit, toujours de sa petite voix allègre et chantante : « Il n'aura pas de peine. »

Fraser s'adressa à Greta : « Pourquoi n'appelles-tu pas Ray pour annuler ? Explique-lui.

— Je ne peux pas.

— Pourquoi ?

— J'ai peur.

— Allons donc. Il sera soulagé. Il n'a pas envie de faire tout ce chemin pour venir ici. Tu ne vas pas te laisser manœuvrer comme ça par un gosse de cinq ans. »

La brume qui assombrissait le visage de Greta se changea en une colère blanche, rentrée : « À cause de moi, fit-elle d'un ton glacial, Billy n'a pas de père. »

Craignant de la pousser à étoffer l'acte d'accusation, Fraser haussa les épaules : « Fais comme tu veux. Je ne suis pas chez moi. »

Greta alluma une cigarette et alla téléphoner à la mère de Donald. Elle était de nouveau en possession de tous ses moyens. Fraser pensait qu'elle aurait dû s'excuser davantage. « Vraiment, je regrette. Billy a été insupportable toute la matinée et... je sais... il me semble que ce n'est pas à moi de me mettre entre lui et son père... Attendons une meilleure occasion... Merci infiniment. Au-revoir. » Fraser reconnut dans les derniers mots de Greta le léger bruit de cloches, l'intonation mélodieuse vaguement ironique qu'il avait remarquée chez son plus jeune fils. Pendant qu'elle parlait, il avait mis son pardessus et ses gants.

« Je regrette, dit-il. Je pensais rester tout l'après-midi, mais je ne peux pas. Je me sens trop étranger. Ça ne vient pas de toi, ça ne vient pas de nous, entre nous tout va bien. » Puis il ajouta, comme une réflexion venue après coup : « Je n'ai pas envie de me trouver nez à nez avec Ray. »

Elle posa la tête sur l'épaule de Fraser : « Je ne vois pas ce que je pouvais faire d'autre. Je sais que je devrais être plus ferme, mais Billy a une vie si lamentable maintenant. Il demande à tout le monde : "Avez-vous déjà divorcé ?" »

Fraser rit complaisamment.

« Ne sois pas fâché contre moi, supplia-t-elle. Je m'y ferai.

— Je ne suis pas fâché. Je t'aime. Mais Ray et toi devriez essayer de vous entendre au sujet de Billy ; autrement, vous allez en faire un vrai tyran. »

Elle leva son visage vers lui ; sa colère blanche était devenue une colère rose.

« Comment pourrions-nous nous entendre, demanda-t-elle, alors que ce salaud et son avocat me réduisent à nourrir ses propres enfants avec de la pâtée pour les chats.

— Tu n'es pas réduite à les nourrir avec de la pâtée pour les chats, dit Fraser impatiemment. C'est de la névrose. Je te téléphone ce soir.

— Je vais te conduire à la gare.

— Je préfère marcher. J'ai besoin d'exercice. Il faut que tu sois là quand Ray va arriver. Parle-lui.

— Quand il vient, je me cache. Je me cache dans la salle de bains. » Greta savait qu'en disant cela elle lui faisait plaisir.

Fraser ne se dirigea pas vers la gare ; il reprit la route qui menait à son ancienne demeure. Il se tourmentait à l'idée que Kenny avait voulu couper un arbre, n'y avait pas été encouragé, et serait trop âgé l'an prochain pour s'intéresser à ces jeux. Son troisième œil lui montra la hache en train de glisser, le sang du garçon qui jaillissait sur la neige fraîche. Des chasse-neige avaient raclé la route mais ne l'avaient pas bien nettoyée. Une voiture, qui sembla à Fraser être la sienne, apparut dans le virage, non loin de la prairie, et se dirigea droit sur lui ; peut-être n'était-il pas très visible sur le fond de sapins. La voiture, la Saab orange de Jane, fit une embardée et alla caler en biais sur la route, un peu au-delà de lui, dans la montée. Le visage furieux de Jane s'encadra dans la fenêtre du conducteur. « Qu'est-ce que tu fais sur cette route ? cria-t-elle. Est-ce que tu ne peux pas rester tranquille quelque part ? Tu as failli me faire avoir un accident.

— Je pensais que je pourrais peut-être me rendre utile aux enfants avant de rentrer en ville.

— Si tu as tellement envie d'être utile, pourquoi ne viens-tu pas habiter avec nous ?

— Je ne peux pas, dit Fraser. N'est-il rien arrivé à Kenny ?

— Comment le sais-tu ? Il a séché sur un problème de géométrie, je n'ai pas pu l'aider, il m'a insultée et je lui ai dit de t'appeler chez Greta ; moi, je ne le ferais pour rien au monde.

— Pourquoi ça ? Le petit Billy appelle tout le temps son père.

— Oh, que le petit Billy aille se faire foutre, je ne veux pas entendre parler de ta chère seconde famille.

— Ce sont des gens comme les autres », dit Fraser en se demandant s'il ne devrait pas faire une boule de neige et la lui lancer.

Elle dut lire dans sa pensée car son expression contrariée laissa presque filtrer un sourire. « Tu me mets en retard pour mon tennis », dit-elle.

Il rejoignit la voiture et posa la main sur le rebord de la fenêtre ouverte : « À quel genre de tennis peux-tu bien jouer avec ces minables ?

— Ce n'est pas ton affaire. Va voir les enfants. »

Au moment où Jane démarrait, il fit une boule de neige qu'il lança vers l'arrière de la voiture. Comme il était géométriquement prévisible, la trajectoire était trop courte.

En ouvrant la porte de la maison, il sentit quelque chose d'inhabituel, une odeur exceptionnelle et familière, sacrée et profane. Noël. Dans la salle de séjour, Kenny, étendu sur le canapé, contemplait son permis de conduire et un sapin fuselé, aux branches inégalement réparties, se dressait dans un seau plein de briques, près du piano. « Tu l'as installé sans moi », reprocha Fraser à son fils.

Le garçon continuait à sourire à sa propre image.

« Il est superbe », dit Fraser. L'arbre avait des branches si clairsemées et si légères que Fraser pouvait voir au travers le jardin enneigé, la balançoire qui pendait à l'orme desséché et la crique au-delà. Ce fut seulement au second regard qu'il remarqua quelques ornements déjà mis en place. Nancy apporta du grenier une autre boîte d'accessoires. « Elles sont presque toutes cassées, papa », dit-elle gaiement. C'étaient de fragiles petites boules bon marché, achetées au fil des ans dans des prisunics, dont beaucoup avaient perdu la petite capsule argentée qui servait à maintenir le crochet.

« Nous en achèterons d'autres », promit Fraser. La boîte contenait aussi un vieux clown de chiffon en petite veste de feutre rouge et chapeau pointu à gland de coton ; Fraser l'avait fabriqué pour l'arbre de Noël de ses parents il y avait bien longtemps. Nancy laissa son père le suspendre plus haut qu'elle ne pouvait atteindre.

Ensuite, Fraser se mit à la géométrie : « Écoute, Kenny, dans un triangle, du moment que tu as la mesure de deux angles, tu as celle du troisième, puisque tu connais la somme des trois. Pour que deux triangles soient semblables, il suffit qu'ils aient deux angles semblables. Pour démontrer qu'ils sont égaux, il faut deux angles et un côté, ce qui te donne les dimensions du triangle, ou deux côtés et un angle, si l'angle est entre les deux côtés parce que, vois-tu... » Arrivé là, il dut se mettre à dessiner et lui et son fils se penchèrent attentivement sur le livre.

Nancy les regarda tour à tour d'un air ravi et dit : « Tous les deux, vous avez les mêmes sourcils. »

Finalement, Jane rentra ; une fois de plus ils dînèrent et une fois de plus Fraser prit une chartreuse ; la tête de Jane s'inclinait, à la lueur des bougies, avec une coquetterie voulue qu'il ne lui avait pas vue depuis vingt ans. Il la troublait, constata tristement Fraser.

« Ne me fais pas rater mon train, dit-il.
— Ne sois pas si puritain, dit-elle. Reste. C'est pitoyable de te voir à ce point marié à ce petit... caniche.
— Je regrette que tu ne te sois pas montrée aussi aguicheuse au temps où j'étais tout disposé à en profiter. »

Elle eut du mal à trouver ses bottes, puis ses gants et, comme il était prévisible, quand la gare fut en vue, les vitres dorées du train commençaient déjà à s'ébranler comme les fenêtres d'une maison légèrement secouée par un tremblement de terre. « Je le savais, dit Fraser. Je le savais. » On aurait dit qu'il allait pleurer.

« Oh, tais-toi, quel enfant tu fais », dit Jane. La voiture franchit le bord du quai avec un choc sourd. L'autorail n'avait pas encore accéléré et Jane qui, dans son parka matelassé, avait l'air d'une sorte de porteur de gare, sauta à terre et fit signe au conducteur de s'arrêter. Celui-ci, un jeune homme à la moustache en croc, se pencha à sa fenêtre et ils échangèrent toutes sortes d'amabilités pendant que Fraser se faufilait vers les marches du train.

« Raconte donc ça à Greta quand elle prétend que je suis collante », dit Jane sans lui renvoyer son baiser.

À mesure que les voies se multipliaient, aux approches de Boston, on voyait de plus en plus de feux destinés à empêcher les aiguillages de geler — des flammes vacillantes dispersées à travers des champs de ferraille comme si une armée avait campé là puis disparu. La vue le réconforta de tous ces feux dont chacun brûlait seul, apparemment sans surveillance, et pourtant faisait partie d'un plan d'entretien, de conservation. Le visage de Fraser, reflété dans la vitre, éclipsa peu à peu les rails scintillants quand le train ralentit pour entrer en gare. Dans l'air glacé, son visage se changea en masque. Le froid était devenu âpre. Il gravit à pied les rues grises au sortir de la gare. Dans sa vie solitaire, il accueillait l'inconfort comme quelque chose qui le justifiait. Pour Noël, la municipalité avait fait décorer de guirlandes d'ampoules électriques les arbres du Common, mais elles n'étaient pas allumées. Il semblait n'y avoir aucun être en vie dans cette ville, sauf lui, aucune étincelle de vie, sauf l'image imprimée en creux dans sa tête de son appartement d'une pièce et demie, avec son tapis de guingois et son lit défait, ses vitres sales et sa chaleur engageante. Poursuivant son chemin, les membres gourds, vers cette vision domestique, il franchit dans le jardin public le pont au-dessus de la pièce d'eau, qui coupait par le milieu un paysage d'une perfection lunaire. De chaque côté de lui, sa marche faisait se dandiner des taches de lumière sur la blancheur glacée. Au-dessus de Beacon Hill, à peu près du côté où habitait son avocat, un panneau lumineux donna alternativement ces précisions saisissantes : 10 heures 01, − 12°. Fraser regretta qu'il n'y eût personne avec lui pour assister à ce miracle.

La course à l'œuf

Ne disait-on pas plutôt la course à la cuiller ? Les enfants s'alignaient, tenant chacun un œuf dans une cuiller, perpendiculairement à leur poitrine. Les œufs oscillaient, la précarité de leur équilibre encore aggravée par leur contenu semi-liquide, leur masse semi-vivante. À vos marques, prêts, partez. Ceux dont l'œuf tombait étaient, naturellement, éliminés. Dans ce monde rural verdoyant, peu soucieux de ses produits, d'il y a bientôt quarante ans, personne ne semblait s'en faire pour un peu de gâchis ; les œufs tombés étaient absorbés, dans l'indifférence générale, par le sol du terrain de jeux, à l'endroit où la course avait lieu une fois par été, à l'occasion d'une fête où les dieux du calendrier et de la nation se penchaient ensemble, avec des sourires radieux, sur les enfants et leur octroyaient des prix aussi modestes qu'une tablette de chocolat Hershey ou un cerf-volant en papier, plié. Ferguson était resté des années sans penser à tout cela, mais depuis peu, comme si l'âge mûr le rendait perméable, il était visité par des souvenirs et des prémonitions.

Son père lui apparaissait au cours d'un rêve avec l'éclat et la précision de la vie. Qu'est-ce que cela signifiait ? Il était mort cinq ans plus tôt, pendant que son fils était en Irak, à faire des fouilles. Ferguson était archéologue ; son métier était de chercher des villes disparues. Même dans sa façon de mourir, avait songé Ferguson à ce moment-là, son père s'était montré plein d'égards, lui épargnant les décisions à prendre au chevet des malades, les veilles à l'hôpital, la gêne des adieux. La circulation du vieil homme était défaillante depuis plusieurs années ; la mort était survenue comme une délivrance. Les obsèques avaient donné lieu à un étonnant déploiement de chagrin et de souvenirs frémissants de la part d'anciens élèves et de collègues du défunt. Il avait été professeur dans une « high school » ; sa vie s'était déversée dans les sables mouvants de l'ingrate jeunesse constamment renouvelée de Hayesville. Et puis, à l'enterrement, toute cette vie déversée avait reflué en bouillonnant dans les yeux pleins de larmes d'inconnus, couvrant de honte le fils dont les yeux restaient secs, dont le sentiment dominant était le soulagement. Une fois l'enterrement passé, la carrière de Ferguson continua à l'emmener au désert et à l'en ramener ; il quitta sa femme pour une autre. Il y songeait depuis longtemps mais ne l'aurait jamais fait du vivant de son père. Pourquoi ? Au cours de toutes ses années d'enfance et de jeunesse, Ferguson n'avait jamais entendu son père le réprimander. Son père ne lui avait prodigué que des encouragements et une indulgence sans mélange. Quelque grand chagrin non mentionné avait existé, dont son père l'avait protégé jusqu'à la fin.

Dans son rêve, ils voyageaient ensemble, comme ils l'avaient fait si souvent, d'une manière tumultueuse mais par certains côtés réjouissante. Les voitures tombaient en panne, les portefeuilles étaient vides, le conducteur du trolley insolent, et pourtant ils poursuivaient leur périple, le père et le fils, et ce qui s'exhalait du rêve, avec une fraîcheur si saisissante que Ferguson s'éveilla, c'était la *respiration* du voyage, une sensation trouble de vitesse à laquelle se mêlait le sourire timide de son père veillant sur lui et toujours anxieux de faire plaisir. Son père lui souriait de l'intérieur du véhicule imprécis, à toit bas, dans lequel il voyageait, et son sourire disait que son fils était *avec* lui, l'avait rejoint ; Ferguson s'éveilla, bouleversé, tandis que se dissolvait dans les premières lueurs de l'aube l'étrange félicité de ce compagnonnage perdu ; sa seconde femme dormait, immobile, à côté de lui.

La chère sensation de vivre en étroite communion avec son père les péripéties d'un voyage désastreux mais joyeux et révélateur, il avait essayé de la faire connaître à ses propres enfants, mais leurs efforts en ce sens n'avaient abouti qu'à des imitations auxquelles manquaient non seulement l'esprit authentique de dernier chrétien — stoïque et pourtant donquichottesque, désespéré et pourtant protecteur — du défunt compagnon d'errance, mais l'impression réelle de pauvreté ambiante. La grande crise avait pris fin, les trolleys ne brinqueballaient plus au centre des villes, les gens ne prenaient plus le train dans leurs beaux costumes du dimanche, le charbon n'envoyait plus d'étincelles sur les talus herbeux des voies ferrées, le prochain arrêt n'était plus une autre planète. Les enfants de Ferguson étaient passés graduellement du vélo à dix vitesses au permis de conduire et, vers la fin, n'avaient guère besoin de lui pour les conduire à un endroit ou à un autre. Il avait l'impression de les avoir quittés juste un peu avant d'être quitté par eux.

Depuis le divorce, il avait fait quelques rares voyages avec ses enfants. L'un de ses fils, qui venait d'avoir dix-sept ans, permit à Ferguson de l'accompagner dans une tournée des universités du Middlewest. Pendant une semaine, ils firent enregistrer leurs arrivées et leurs départs dans des motels qui donnaient sur des lacs et des champs de maïs, décollèrent et atterrirent sur des aérodromes taillés à peu de frais dans l'absence de relief générale, traversèrent à pied des campus de style néo-gothique, néo-classique, néo-Bauhaus, admirèrent des chapelles, des bibliothèques et des laboratoires d'audiovisuel, et rentrèrent le soir prendre une bière au bar du motel. À la surprise de Ferguson, on ne refusa jamais de servir le garçon. Une nuit, dans l'Iowa, après avoir bu chacun deux bières, ils avaient décidé d'aller nager dans la piscine du motel. L'eau verte immobile était engageante sous le dôme étoilé, au milieu du maïs étranger. Ils étaient les seuls baigneurs. Pendant que Ferguson crawlait banalement d'un bord à l'autre de la piscine, le garçon faisait des sauts périlleux en arrière au plongeoir. Il s'était développé en grandissant, ses bras et ses jambes avaient quelque chose d'épais et de balourd, et chacun de ses plongeons faisait lever une gerbe tumultueuse qui retombait en éclaboussures. En sortant de la piscine, le corps parcouru de frissons, mais plein d'allégresse, il dit à son père : « Je me souviens qu'il m'a fallu tout un été pour vaincre mon appréhension et arriver à faire ça. » La remarque broya ensemble plusieurs âges de la vie : l'enfant, une serviette de motel autour des épaules, semblait exactement en équilibre entre l'adolescent et l'homme, entre l'étudiant novice et le bébé au maillot qui, dans des images d'été qui se télescopaient, s'aventurait à l'extrémité du plongeoir et se jetait à la renverse dans l'espace liquide. Le sourire enthousiaste, complice, du garçon ressemblait, jusque dans ce rien de vaguement craintif qu'il avait pourtant, à celui du grand-père disparu. Ce fut un moment de riche moisson pour Ferguson qui se sentit, provisoirement, pardonné.

Ses affaires l'amenèrent au Smithsonian Institute, où il visita une exposition sur les façons de vivre des Américains d'autrefois. Chalets en rondins, saloons, intérieurs d'immigrants, le tout amoureusement reconstruit et installé derrière des plaques de verre, comme une exposition de papillons géants. Il s'arrêta, saisi d'étonnement, devant une ancienne salle de classe. Des rangées de bureaux d'écoliers aux dessus en plan incliné où étaient fixés des encriers, aux pieds vissés au plancher ; un tableau noir portant d'abondants exemples à la craie de la méthode d'écriture Palmer ; une reproduction du portrait inachevé de George Washington par Stuart au-dessus du tableau noir ; et une carte géographique en sépia qui, d'un côté, représentait les routes des épices, placée près de fenêtres qui donnaient sur un terrain de jeux asphalté. Ferguson était confondu. Qu'est-ce que cette exposition avait d'historique ? Il avait fréquenté une salle de classe semblable à celle-ci. Sans la plaque de verre, il aurait pu y entrer – minable petit écolier plein de zèle qui arrivait souvent le premier – et aller s'asseoir à sa place.

Il rendait de plus en plus souvent visite aux hôpitaux. Les vestibules insonorisés, les couloirs étincelants, le cliquetis et le remue-ménage omniprésents des mystères de la compétence : les hôpitaux et les aéroports sont les cathédrales de notre temps. Un collègue de Ferguson était en train de mourir d'un cancer du poumon. Ferguson entra timidement dans la chambre, redoutant d'y rencontrer la mort, mais fut soulagé de ne trouver rien d'abstrait, mais simplement la forme extrêmement caractéristique de son vieux compagnon, le président de son département, dont l'ouvrage en deux volumes sur les tertres des temples toltèques avait obtenu le très convoité Prix Schlieman. De sept ans plus âgé que Ferguson, et beaucoup plus capable, il avait été pour celui-ci une figure paternelle. Maintenant, sa longue tête intelligente, au-dessus du cou sans intérêt d'un quelconque alité d'hôpital, était devenue, dans sa pâleur exsangue due à la maladie, pareille à celle d'une vieille femme acrimonieuse. « J'ai trouvé que votre dernier article, prononça-t-il péniblement, la langue engourdie par les drogues, manquait un peu de rigueur. Vous posez en principe l'existence d'une nouvelle couche à partir d'un unique tesson. Comment cela se rattache-t-il avec les fosses mortuaires du niveau douze ? Vous avez déplacé de trois ou quatre siècles toute une population. » Ferguson imagina des couches accumulées de morts transportant à pleins bras leurs poteries, leurs perles de lapis-lazuli et leurs totems de grès, tout cela à cause de lui. « Vous savez, poursuivit d'un ton las son critique, un fragment comme celui-là peut être le fruit du hasard, une copie égarée d'un modèle crétois ou une chose apportée d'Anatolie. Les anciens étaient de grands voyageurs, ne l'oubliez pas. » D'une certaine manière, Ferguson aimait cet homme qui savait ce qu'il savait lui-même, et davantage ; ils étaient tous deux des êtres divisés qui déchargeaient dans des universités ombreuses le produit éclatant, vénérable, de leurs randonnées sous le soleil et dans le sable au milieu de mercenaires illettrés et des dangers du banditisme. D'où venait alors ce tremblement d'allégresse dans la poitrine de Ferguson ? Sa voix sonna, impitoyablement nette et claire, en opposition aux remontrances alanguies par les médicaments de l'autre :

« Seules les poteries d'El Kerak ont ces cannelures, dit-il. Je vous en rapporterai d'autres l'été prochain. Des tonnes. Je suis sûr qu'elles sont là-bas. »

L'été prochain. Le mourant regarda fixement le mur vide, couleur coquille d'œuf, et exhala l'air qui était dans ses poumons.

Ferguson changea de sujet. Il admira avec entrain la chambre – ses dimensions, sa vue sur les moelleuses hauteurs de la banlieue sud de Boston.

Son collègue eut un soupir de bonne volonté : « Les gens de notre âge devraient être moins libéralement traités. Nous prenons trop nos aises. Vous avez obtenu votre divorce, je prélève deux cents dollars par jour de ma succession pour avoir cette chambre avec une vue. »

Ferguson, comme il levait les yeux, une réplique déjà prête sur la langue, vit le visage de l'autre comme une chose déjà morte et enfouie dans la terre, et une grande vague de pitié arrêta l'élan qui le portait à vouloir triompher ; il souhaita pouvoir sauver son collègue de la masse écrasante du temps à venir où il ne serait plus, l'arracher à ce lit comme il arrachait les tessons d'une amphore brisée à des siècles de sédimentation. Pardonne-moi, se dit silencieusement Ferguson avant de quitter cette chambre qui semblait déjà inhabitée.

Vus des rues avoisinantes, les murs gris de l'hôpital se dressaient au-dessus du quartier ensoleillé comme ceux d'une usine anonyme où l'on aurait fabriqué quelque produit mal connu mais largement utilisé. En parcourant ces rues, Ferguson comprit combien Shakespeare avait raison : la vie est une suite de rôles. Vient d'abord le nouveau-né dans son landau, que le balancement de la voiture endort, puis vient l'écolier à la démarche accablée, les jambes nues, une batte de base-ball à la main, qui se dirige vers un terrain de jeux et une partie de plus parmi les ombres qui s'allongent. Ferguson avait été ainsi ; il avait encore sur la langue le goût de ces après-midi poussiéreux, interminables. Puis vient le jeune mari, maigre et en bras de chemise, qui se penche pour tenir par la main le bébé geignard pendant que sa femme, à côté de lui, porte d'un air suffisant une nouvelle responsabilité dans son ventre. Les mains de Ferguson n'avaient pas encore oublié les mouvements à faire pour changer une couche, ni la sensation de l'étreinte crissante de sable d'une main de petit enfant autour d'un seul de ses doigts, quand on lui chante une berceuse pour l'endormir. Ensuite était venu l'homme en instance de divorce, hâve et pourtant illuminé de joie, rapportant du gin et des plats chinois surgelés dans son appartement qu'il avait meublé, avec beaucoup de posters et peu de lampes, dernière aire de solitude, comme sa chambre d'étudiant. Ces rôles, joués à fond, n'avaient pas besoin d'être rejoués. Paradoxe : bien que Ferguson, théoriquement, redoutât la mort, il était pratiquement heureux, soulagé, de savoir qu'on ne lui demanderait plus jamais d'être jeune.

L'étape de l'âge mûr avait ses signes distinctifs, ses indices, ses artefacts émotionnels spécifiques : le vernis d'irréalité, par exemple, qui s'interpose dans des moments qui, auparavant, auraient été de pur enchantement. La vue à moyenne distance se brouille et le plancher se met à basculer comme s'il était un tremplin instable vers quelque lieu désespérément éloigné. De nouvelles lunettes vous aident. L'axe de l'astigmatisme pivote, le monde tourne, l'âme se découvre enfermée dans une maison aux vitres sales. À l'opposé, le courrier, autrefois si gros de mystères et de stimulations, peut maintenant se lire sans ouvrir les enveloppes : photographies de mutilés et de gens mourant de faim, pétitions courroucées pour plus de justice, appels amicaux en faveur des étudiants, comptes rendus d'activité de sociétés savantes, publicités pour des trésors indésirés, tirages à part d'ouvrages érudits, photocopies de photocopies. Tout cela peut aller à la corbeille sans être décacheté, être proprement posté pour le néant. Un jour, Ferguson sauva une enveloppe des ordures parce qu'il avait remarqué que son adresse était dactylographiée, non imprimée au stencil. La lettre commençait par « Cher Fergy » écrit bien lisiblement, d'une écriture banale respectueuse de la méthode Palmer, et continuait par des exclamations ronéotypées : « VIENS à *Ton* vingt-cinquième anniversaire ! La promotion 1952 de la « high school » de Hayesville exige TA PRÉSENCE !! » Le TA PRÉSENCE souligné, en grandes capitales, lui fit retrouver le sentiment d'importance spirituelle – légère, cocasse, intime – avec lequel il s'était éveillé après avoir rêvé de son père. Il irait. La missive était signée : Linda Weed Gottfinger ; c'était autrefois le chef de classe. Ferguson et elle avaient débuté ensemble au jardin d'enfants. Linda Weed lui dérobait toujours son cartable au retour de l'école et ne le lui rendait que quand il pleurait. Elle avait l'esprit merveilleusement éveillé, des nattes et le nez retroussé et, même quand sa silhouette s'était épanouie – ses seins étaient devenus d'un jour à l'autre d'une stupéfiante élasticité rebondie –, son ventre était resté plat et ses jambes minces et fermes. C'était elle qui avait écrit à la main « Cher Fergy ».

À la réunion, après minuit, tandis que l'orchestre jouait tous les vieux airs, de « Près de toi » à « Tangerine », Ferguson se rendit compte, à travers une brume de bourbon, que parmi ces vieux enfants, ces accents retrouvés et ces mélodies, il avait connu le Paradis. Néanmoins, il souhaitait se retrouver chez lui. Il était venu seul. Son vieux rôle de bûcheur solitaire l'attendait comme un costume râpé qui vous va parfaitement. L'orchestre jouait « Le balai à franges » et Linda Weed dérivait résolument vers lui. Pendant que les autres dansaient, ou revivaient d'anciennes peines de cœur, ou s'entraidaient à soulager leurs malaises dans les salles de repos du motel, elle relevait les renseignements pour leur Album du Quart de Siècle, qui serait ronéotypé et envoyé à chacun. Elle lui demanda : « Célibataire, marié, séparé ou divorcé ? » Son crayon attendait, mince et alerte. À quarante-trois ans, Linda avait conservé sa silhouette. Quelques beautés de leur classe avaient été complètement englouties par leur propre graisse et, en les regardant, Ferguson avait l'impression d'être témoin d'un acte de cannibalisme, ou d'assister à l'emmaillotage d'un pharaon dans un volumineux sarcophage. Il leva les yeux au plafond en quête d'une juste réponse. La direction du motel avait décoré leur salle de bal de papier crépon rouge et blanc, bien que les couleurs de leur classe eussent été le marron et le crème. « Marron et crème, marron et crème », disait le chant de leur classe, et ensuite venait un vers obscur qui se terminait par « suprême ».

Ferguson répondit astucieusement : « Les quatre. Mais pas en même temps.

— Où en es-tu maintenant ?

— À la nostalgie du foyer.

– Je vais mettre : marié. »

Déjà au jardin d'enfants, elle n'était pas facile à déconcerter. Des yeux verts au regard froid, et une fausse dent que l'on apercevait quand elle souriait. Elle était tombée en faisant l'estrapade au portique du terrain de jeux. L'orchestre passa à « Par-delà la route qui revient d'Alamo ».

« Profession ? demanda-t-elle.

– Fouisseur », dit-il et c'était profondément vrai. Il essaya d'expliquer en quoi : « Je cherche à ramener à la lumière ce qui est caché. L'hiver dernier, j'ai trouvé un tesson isolé qui a permis de reclasser des milliers de squelettes.

– Fergy, tu as bu. »

Les seins de Linda avaient poussé de façon stupéfiante en quatrième, sous le chandail en angora duveteux à la mode de ce temps-là. Maintenant, comme pour faire savoir que ses seins avaient survécu à deux guerres en Asie, à six Présidents, à cinq récessions et à quatre enfants, leur chef de classe portait un corsage largement décolleté en mousseline de soie jaune, du genre bustier des années cinquante. Était-ce là la robe, miraculeusement préservée, qu'elle portait à la fête de la promotion quand ils avaient quitté la « high school » ? Une bouffée d'atmosphère Eisenhower et d'orchidée épinglée au corsage montait du sillon entre ses seins. Jamais, de toute éternité, il ne verrait sa poitrine, songea amèrement Ferguson. Linda s'était mariée à dix-sept ans et n'avait jamais quitté Hayesville ;

elle n'avait jamais voyagé au pays du fruit défendu.

Les gens dansaient, échangeaient des souvenirs, tombaient par terre. Un mélange confus pareil à un magma de tessons, de perles désenfilées et de statuettes retrouvées emplissait la salle de bal et le crâne de Ferguson. Aubaine inespérée, ce qui était resté caché vint à la lumière. L'affreux Kegerise, le fléau de la classe, se rapprocha d'eux en valsant. Il possédait une entreprise de machines électroniques d'un million de dollars, la Xister Inc., avait pris des bajoues, grisonnait et portait des bifocaux, mais il était toujours le fléau de la classe et jouissait toujours de son éternelle immunité de fléau. Il adressa une œillade à Linda et, d'un geste bref, tira de côté un des pétales du corsage de mousseline soutenu par une armature de soutien-gorge. L'espace d'une seconde, un doux sein conique demeura exposé comme sur un plat vernissé à la vue de Ferguson. Il s'arrêta de respirer. Ce sein était parfait, plus candide et plus gros qu'il n'avait rêvé, lourd et pourtant allègre dans sa coupe ombreuse de tissu, aussi parfait qu'un œuf.

Linda donna une tape sur la main de l'affreux et remit en place son sein et son corsage, nullement gênée ; elle ne perdit brièvement son sang-froid qu'au moment où ses yeux, verts comme ceux d'un chat, effleurèrent le regard de Ferguson où ils ne s'étaient pas attendus, peut-être, à découvrir un tel ravissement, un ravissement surgi là comme une floraison sur la mince branche d'un désir vieux de trente ans. « Quelle est ton adresse actuelle ? demanda-t-elle.

— J'ai oublié. »

Par-delà les fenêtres de la petite maison en bardeaux de cèdre, dans le Maine, le murmure du vent dans les branches de pin parlait du calme des premiers âges, d'Indiens, de rochers et de mousses en quelque sorte sibériens, d'un temps où le détroit de Béring n'avait pas encore fermé le continent en le coupant de son rêve cruel de liberté. Il y avait un ruisseau près de la maison au bord duquel lui, sa seconde femme et leur seul enfant, un garçon, ramassaient des pointes de flèches à même le sable.

Le crayon de Linda restait pointé. « Dans quelle mesure, demanda-t-elle en revenant à son questionnaire, penses-tu que l'Amérique a tenu ses promesses envers toi ?

— Passablement bien », dit Ferguson.

Elle referma son carnet de notes.

L'orchestre entamait « Si fatigué » avec ce wouâ-wouâ à glacer l'âme des trompettes bouchées.

Le géant de la classe, arrière au rugby et lanceur de poids, vint vers lui. Il était devenu chauve. « Tu ne vaux pas ton père, dit-il à Ferguson.

— Je sais, je regrette.

— Il savait bigrement bien vous encourager, voilà. Je n'oublierai jamais sa façon de me dire : "Tu es maintenant au sommet du crétinisme, mais tu vas redescendre. Tout ce qui monte doit redescendre – et il jetait en l'air l'éponge du tableau noir. C'est le dernier kilomètre qui est le plus dur." Je me souviens qu'il répétait souvent cela et, en ce temps-là, je ne savais pas ce qu'il voulait dire. Aujourd'hui, je le sais. Je le sais. » Le géant baissa les yeux sur Ferguson qui avait sombré dans un puits de tristesse, d'amour qui n'avait nulle part où s'écouler. S'il pleurait, lui rendrait-on son cartable ?

« Bonsoir, Irè-è-ne », jouait l'orchestre pour clore la soirée, « bonsoir, Irène ».

Le lendemain était un samedi. Ferguson, qui avait la gueule de bois, rôda par la ville, sa cité perdue de Hayesville. Sauf à la périphérie où, dans son enfance, les champs donnaient du maïs et où les ruisseaux étaient obstrués par du cresson que des vieilles venaient cueillir, Hayesville avait peu changé. Il y avait dans les rues latérales de curieux objets, des sortes de cages en bois et en fil de fer que Ferguson identifia, non sans difficulté, comme étant des buts de hockey. Dans son enfance, ses camarades et lui ne jouaient qu'à des jeux où une balle pouvait s'élever dans les airs : la balle de base-ball un point noir dans le ciel tournoyant, le gros ballon de basket frôlant les poutres de la salle de conférences, le ballon de rugby volant de main en main jusqu'à la fin de la partie. La vieille école élémentaire, une forteresse gothique qui s'élevait au milieu d'un lac d'asphalte, était entourée d'une palissade dont les panneaux de contreplaqué détériorés par les intempéries portaient des slogans révolutionnaires et racistes tracés à la bombe à peinture. Les salles de classe avaient été vendues aux Smithsoniens. Il y avait jadis une petite confiserie où les enfants venaient en cachette pendant les récréations, Chez Boonie, et Ferguson fut tout étonné de découvrir qu'elle existait encore et était ouverte. Il pénétra dans l'antre et acheta pour un dixième de dollar de bonbons d'autrefois : chapeaux en pâte de fruits, pipes de réglisse, nougats enveloppés de papier glacé, lanières de pulpe de noix de coco teintes pour ressembler à du bacon. Le vieillard parcheminé et arthritique qui se tenait derrière les casiers vitrés noircis et fêlés emplit patiemment, un bonbon après l'autre, un petit sac en papier. Il mit la monnaie dans la main de Ferguson et lui referma les doigts sur les pièces : « Tiens-les serré, Fergy, chantonna-t-il, ne va pas laisser échapper un penny. » C'était donc bien Boonie, un fossile vivant. De tous côtés on connaissait Ferguson. Les vérandas de guingois sur le devant des maisons le connaissaient, et aussi les rideaux des fenêtres vivement soulevés et rabattus. Les marronniers l'auraient reconnu s'ils n'avaient été coupés. Les rues semblaient plus claires, le ciel plus pur qu'au temps où, à la sortie de l'école, il se hâtait furtivement de regagner la maison pour échapper aux bagarreurs. Aucun bagarreur ne s'approcha de lui maintenant, seulement de vieilles gens qui disaient : « Je parie que vous ne vous souvenez pas de moi. » C'était vrai, il ne se souvenait pas d'eux, mais il reconnaissait leurs manières d'être — les chemises rayées et les bretelles, les sarraus de coton informes, les épidermes graisseux, les épaules tombantes, les voix enveloppantes, chaleureuses avec pourtant un rien de sardonique dans le ton. Comme la machine à sel au fond de la mer, Hayesville avait continué à fabriquer des gens de Hayesville. Il avait été l'un d'eux. Plus d'une fois, on le prit pour son père. La ville, les maisons, avaient rapetissé. Sur le terrain de sport, derrière la « high school », où dans son enfance les vieilles s'accroupissaient en rond pour cueillir des pissenlits, on avait construit un petit stade. Ferguson jeta un coup d'œil à travers les battants à claire-voie du portail de ciment fermé et aperçut un acre de gazon artificiel.

Le vieux terrain de jeux était toujours en haut du talus, au-dessus du terrain de base-ball. Il faisait penser à un village hopi établi sur un plateau, un village squelettique de balançoires et de portiques de gymnastique. Haletant, transpirant dans son complet gris, soupirant après un casque colonial qui eût abrité son mal de tête, Ferguson gravit le talus et se retrouva, au milieu des buts de hockey pourrissants et des toboggans mangés par la rouille, en train de chercher dans l'herbe des traces — fragments de coquilles, restes desséchés de jaune d'œuf — de la course à l'œuf.

Il n'avait jamais gagné. Il était sans nul doute trop appliqué à arriver au bout du parcours avec son œuf intact pour aller très vite. Une marche alerte et bien réglée était ce qu'on pouvait se permettre de plus rapide, et c'était une révélation de découvrir combien cette locomotion naturelle ébranlait le corps, de quelle façon alarmante l'œuf sautillait et cahotait dans sa cuiller. Ces impressions, Ferguson les retrouvait, mal identifiées, chaque fois qu'il roulait sur une autoroute perfide, traversait le vestibule recouvert de carpette d'un hôpital pour rendre visite à quelque connaissance, ou prenait l'avion. C'était seulement dans ses rêves, quand son père lui faisait signe, que les voyages s'accompagnaient d'une sensation de mouvement sans heurts. La course à l'œuf, conçue pour être divertissante, l'avait toujours frappé comme tragique, lui avait toujours fait l'effet d'une de ces choses pénibles comme la décapitation des poulets, l'écrasage des mouches, le surmenage des adultes, qui se pratiquaient autour et au-dessus de lui dans le monde des grandes personnes. Et il se demandait maintenant, tandis que son billet d'avion lui brûlait la poche, que les terroristes irakiens fournissaient leurs armes et que sa première femme dormait seule, si cette prémonition du tragique n'avait pas agi sur lui comme une entrave, de telle sorte qu'il était resté jusqu'à ce jour tapi dans sa vie comme dans une fragile coquille.

De retour chez lui, Ferguson lut dans le journal que son collègue était mort. Il était en train de prendre son petit déjeuner et dut réprimer le sentiment de libération qui se leva dans sa poitrine, l'atroce jubilation qui fit trembler sa main en train de porter à sa bouche une fourchettée d'œuf. L'enfant qui vivait avec eux appela d'une voix impérieuse, du premier étage. Il s'était réveillé avec un mal de gorge et n'était pas allé à l'école. Ferguson, tout en tournant les pages du journal, entendit la mère lui monter son petit déjeuner sur un plateau et se souvint de ces matins à jamais disparus où lui non plus n'allait pas à l'école : le jus d'orange qui venait d'être pressé, avec ses pépins, le pain grillé encore chaud coupé en lanières, les « Rice Krispies », le pot bleu contenant la crème, le sucre, le plateau laqué où sa mère avait disposé toutes ces choses savoureuses comme les cubes dans un test d'intelligence : les montagnes et les vallées grossies par la fièvre que formaient les couvertures et où ne cessaient de s'égarer tout seuls les livres, les crayons de couleur et les ciseaux à bout rond ; le jour qui par-delà la fenêtre accomplissait son infaillible trajectoire ; les gens de la ville qui allaient à leurs travaux et en revenaient, couraient prendre le trolley et marchaient d'un air las au retour ; et parmi eux son père exténué mais qui pourtant n'imposait à l'enfant d'autre tâche que de vivre, de rester à l'abri et de bien se porter, de faire cette chose qu'on appelle rien. La maison dans ses moindres recoins était à son service et s'y complaisait, poursuivait son tic-tac et ses petits bruits de gorge dans une sérénité complète ; elle était une monture minutieusement ouvragée pour ce joyau : sa guérison ; tout, autour de lui, s'imbriquait pour former un nid où sa vie se pelotonnait comme dans une cuiller, son unique vie, son incroyable bien, qu'il ne devait pas laisser tomber.

Publicité	9
La boutique de l'armurier	25
La vie de famille en Amérique	51
La course à l'œuf	83

DÉCOUVREZ LES FOLIO 2 €

Parutions de septembre 2009

Eva ALMASSY — *Petit éloge des petites filles*
À quel âge les petites filles cessent-elles d'être des petites filles ? À travers les portraits de fillettes réelles et imaginaires, Eva Almassy nous entraîne dans un pays mystérieux et délicieux.

Franz BARTELT — *Petit éloge de la vie de tous les jours*
Dans les brumes ardennaises, Franz Bartelt décortique les petits travers de ses contemporains avec un humour et une férocité jubilatoires.

Roger CAILLOIS — *Noé* et autres textes
Quelques textes audacieux et surprenants d'une rare intelligence.

CASANOVA — *Madame F.* suivi de *Henriette*
Entre deux ébats amoureux, Casanova nous entraîne à sa suite dans l'Europe libertine du XVIIIe siècle.

Henry JAMES — *De Grey, histoire romantique*
Une nouvelle tragique et mystérieuse dans laquelle Henry James explore l'univers irrationnel de la passion amoureuse.

Patrick KÉCHICHIAN — *Petit éloge du catholicisme*
Loin de tout prosélytisme, Patrick Kéchichian témoigne avec force de sa conversion au catholicisme et du bouleversement qui s'est ensuivi.

Michel LERMONTOV — *La Princesse Ligovskoï*
Ce roman inachevé nous offre une admirable peinture psychologique de deux jeunes mondains, ainsi qu'une brillante peinture du Saint-Pétersbourg de 1830.

Pierre PÉJU — *L'idiot de Shanghai* et autres nouvelles
Pierre Péju, à travers trois nouvelles subtiles, nous propose une réflexion pleine de finesse et d'humour sur l'écrivain et ses personnages.

Brina SVIT — *Petit éloge de la rupture*
Ruptures amoureuses bien sûr, mais aussi ruptures linguistiques, professionnelles ou amicales… Le temps d'écrire ce petit éloge, Brina Svit les a toutes connues.

John UPDIKE — *Publicité* et autres nouvelles
À travers ces quatre nouvelles, John Updike brosse un tableau affectueux bien que critique du couple dans tous ses états.

Dans la même collection

M. D'AGOULT	*Premières années* (Folio n° 4875)
R. AKUTAGAWA	*Rashômon* et autres contes (Folio n° 3931)
AMARU	*La Centurie. Poèmes amoureux de l'Inde ancienne* (Folio n° 4549)
P. AMINE	*Petit éloge de la colère* (Folio n° 4786)
M. AMIS	*L'état de l'Angleterre* précédé de *Nouvelle carrière* (Folio n° 3865)
H. C. ANDERSEN	*L'elfe de la rose* et autres contes du jardin (Folio n° 4192)
ANONYME	*Ma'rûf le savetier* (Folio n° 4317)
ANONYME	*Le poisson de jade et l'épingle au phénix* (Folio n° 3961)
ANONYME	*Saga de Gísli Súrsson* (Folio n° 4098)
G. APOLLINAIRE	*Les Exploits d'un jeune don Juan* (Folio n° 3757)
ARAGON	*Le collaborateur* et autres nouvelles (Folio n° 3618)
I. ASIMOV	*Mortelle est la nuit* précédé de *Chante-cloche* (Folio n° 4039)
S. AUDEGUY	*Petit éloge de la douceur* (Folio n° 4618)
AUGUSTIN (SAINT)	*La Création du monde et le Temps* suivi de *Le Ciel et la Terre* (Folio n° 4322)

MADAME D'AULNOY	*La Princesse Belle Étoile et le prince Chéri* (Folio n° 4709)
J. AUSTEN	*Lady Susan* (Folio n° 4396)
H. DE BALZAC	*L'Auberge rouge* (Folio n° 4106)
H. DE BALZAC	*Les dangers de l'inconduite* (Folio n° 4441)
É. BARILLÉ	*Petit éloge du sensible* (Folio n° 4787)
J. BARNES	*À jamais* et autres nouvelles (Folio n° 4839)
S. DE BEAUVOIR	*La Femme indépendante* (Folio n° 4669)
T. BENACQUISTA	*La boîte noire* et autres nouvelles (Folio n° 3619)
K. BLIXEN	*L'éternelle histoire* (Folio n° 3692)
K. BLIXEN	*Saison à Copenhague* (Folio n° 4911)
BOILEAU-NARCEJAC	*Au bois dormant* (Folio n° 4387)
M. BOULGAKOV	*Endiablade* (Folio n° 3962)
R. BRADBURY	*Meurtres en douceur* et autres nouvelles (Folio n° 4143)
L. BROWN	*92 jours* (Folio n° 3866)
S. BRUSSOLO	*Trajets et itinéraires de l'oubli* (Folio n° 3786)
J. M. CAIN	*Faux en écritures* (Folio n° 3787)
MADAME CAMPAN	*Mémoires sur la vie privée de Marie-Antoinette* (Folio n° 4519)
A. CAMUS	*Jonas ou l'artiste au travail* suivi de *La pierre qui pousse* (Folio n° 3788)
A. CAMUS	*L'été* (Folio n° 4388)
T. CAPOTE	*Cercueils sur mesure* (Folio n° 3621)
T. CAPOTE	*Monsieur Maléfique* et autres nouvelles (Folio n° 4099)

Composition Nord Compo
Impression Novoprint
à Barcelone, le 11 août 2009
Dépôt légal : août 2009

ISBN 978-2-07-039870-6./Imprimé en Espagne.

166907